名家笔下的中国老城市丛书

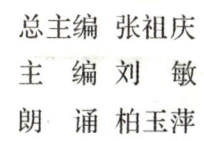

名家笔下的 老武汉

总主编 张祖庆
主　编 刘　敏
朗　诵 柏玉萍

济南出版社

图书在版编目（CIP）数据

名家笔下的老武汉 / 刘敏主编. —— 济南：济南出版社，2021.6（2024.7重印）
（名家笔下的中国老城市丛书 / 张祖庆主编）
ISBN 978-7-5488-4643-7

Ⅰ.①名… Ⅱ.①刘… Ⅲ.①散文集–中国–当代 Ⅳ.①I267

中国版本图书馆CIP数据核字（2021）第061116号

名家笔下的老武汉
MINGJIA BIXIA DE LAOWUHAN

刘 敏 主编

出 版 人	谢金岭
图书策划	赵志坚
责任编辑	赵志坚　史　晓　张冰心
	李文文　陈　新　刁彦如
封面设计	侯文英　谭　正
版式设计	刘欢欢
封面绘图	王桃花
图片提供	舒晓辉
出版发行	济南出版社
地　　址	济南市市中区二环南路1号（250002）
总 编 室	0531-86131715
印 刷 者	济南新先锋彩印有限公司
版　　次	2021年6月第1版
印　　次	2024年7月第2次印刷
开　　本	170 mm×240 mm　16开
印　　张	8
字　　数	100千字
印　　数	10001—13000册
书　　号	ISBN 978-7-5488-4643-7
定　　价	45.00元

如有印装质量问题 请与出版社出版部联系调换
联系电话：0531-86131716

版权所有　盗版必究

序

每座城都是一本书，每本"城书"都有其独特的精神气质。

生于此城，长于此城，你便与城融在一起，成为城的细胞。城的性格脾气就是人的性格脾气。城与人，相依共存。

一座有生命的城，少不了市，故曰"城市"。

城市于人的成长是烙印式的。无论你身在何处，永远不能忘记的是家的味道、城的气息、城的日常。我们怀想它，念叨它，也常会在某个时间点，因见到所居城市的一处景、一个人，甚至一株菜而深情满怀、热泪盈眶。作家池莉在回忆家乡武汉的菜薹时写道："我对菜薹是情有独钟不离不弃到即便它们老了也要养着，花瓶伺候，权当插花……看花时，总不免心生感慨：菜薹噢菜薹，你是我对武汉最深的眷恋。"

每一座历经千百年的城市，都是一条生命涌动的长河，于风云变幻间，留下吉光片羽。

一座古老的城市，值得我们细细品读。从显处读，可以是让游人赏心悦目的湖光山色，也可以是令吃客垂涎欲滴的特色美食。但是，仅读这些还不够，我们还要走进城市深处。风采卓绝的人物要读，深厚的文化底蕴要读，明亮的人文精神要读，这样才能走进一座城市的灵魂。

可是，谁敢说，我们真正读懂了我们所生活的城市？谁又敢说，我们真正触摸到了城市的灵魂？可能，在喧嚣的城市里，孩子还没有静静凝视过家门前那条不知源头的河流，没有留心觉察过城市中不断冒出的楼宇，没有仔细聆听过城市发展的滚滚车轮声。甚至，有这样一种情形——生活在南京的孩子不知道石头城的历史，生活在苏州的孩子没听过评弹，生活

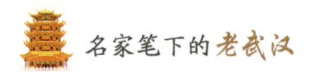

在西安的孩子没了解过秦岭的前世今生……

不得不说，这是生命成长中的小缺憾。

中国有个性、有魅力、有文化的城市何其多也！若是有一套中国城市的读本，以名家的文字为城市代言，纵览历史发展脉络，横看现代文明景观，让青少年读者从书中读城市的古今面貌，用脚步触摸城市的现实温度，那该多好啊！我的倡议得到各地名师的积极响应，大家一拍即合，快速行动。我们希望，经由这套书，每位大小读者从自己所居之城开启城市阅读之旅，了解城的古今，梳理城的脉络，以城为荣，以城为傲。

人是城市的核心因子。人和城市的相处方式有很多种，阅读城市理应成为重要的一种。以中小学生喜闻乐见的方式打开城市阅读之门是我们的编写初心。通过阅读名家优秀的文学作品，让孩子建立对城市的文化印象，让城市发展脉络及精神气质化入孩子的生命成长中。

经多次讨论，我们最终把这套书命名为《名家笔下的中国老城市丛书》，初定二十个老城市，分别为北京、上海、杭州、南京、武汉、西安、济南、青岛、成都、重庆、绍兴、厦门、苏州、福州、徐州、广州、洛阳、开封、镇江、淮安。"老城市"就是有悠久历史、灿烂文明、独特意蕴的城市，老城市都是有故事的城市，读者能从书中感受到厚重的城市文化与个性迥异的时代特质。城市不分大小，大城有大城的宏伟，小城有小城的韵味。

为城市编书代言，我们深知其中的艰辛。一本小书难以概括一座城市的全貌和气质。尽管如此，我们还是愿意倾尽全力。我们组建了一支有深厚的文化学识和城市情怀的编写团队，他们多是在全国有影响力的特级教师、正高级教师、一线名师。有的名师为了在书中呈现更立体多元、经典可读的城市风貌，通读了几百本相关图书，仍觉得不够；有的名师对"老城市"的"老"做了精准的解读，对丛书的助读系统提出丰富的设计框架；有的名师带领他的"学霸"团队，利用节假日，走进博物馆、图书馆，做了大量的文献检索……毫不夸张地说，每个城市的编者都经历了艰苦的"前阅读"。

然而，写城市的文章太多了，选几十篇编入书中，简直是沙里淘金，且一定遗珠多多。选择什么样的文字呢？经过几番讨论，数易方案，渐渐地，编写组达成共识。我们发现，读城有迹可循。编写团队做了这样的梳理：

1.依循城市纵横交错的线索，确定框架。为打捞丢失在历史尘埃中的城市老时光，我们做了一番细细耙梳、反复筛选的工作，再沿着"纵""横"两条线索将占有的资料以主题单元的方式呈现。"纵"即城市的历史沿革、发展脉络；"横"就是城市当下的多面向文化叙事，包含景观、习俗、人物、美食、童谣等。这样编排，既有历史的纵深感，又有现实的亲切感，丰富博大的城市概貌就有可能浓缩在一本小书中。

2.充分考虑读者对象，精准定位选文方向。本丛书的主要读者是中小学生，兼顾其他年龄段读者，所选文章多是可读性、文学性俱佳的名家作品。很多写城市的书只是给大人看的，客观介绍一座城市，文字也不够浅近，孩子难免会觉得枯燥。从这个意义上来说，这是一套定制版的城市文学读本，这一特色让本丛书有别于其他城市主题的书。

3.让"行读城市"成为一种新的生活方式。读城市，最终要走到城市中。本丛书有一个重要的编写思想，那就是跟着编者行读城市。二十个城市读本中，有的将研学作为一个单独章节，有的则将其融合在各个章节中。无论采用哪种形式，小读者们都能从书中读到书外。一本书就是一座城的博物馆"入场券"，儿童（或成人）经由这张"入场券"，走进城市文明深处。

以《名家笔下的老武汉》为例，我们来一睹老武汉的城貌——全书分为八个章节，从《日暮乡关何处是》到《踏破铁鞋无觅处》《忙趁东风放纸鸢》，将江湖武汉、火辣辣的武汉、因爽而快的武汉生动地展现给读者。每一章都有"导读""群文探究"，每一篇都有"读与思"。读一本书，仿佛在与城市对话、与编者交谈，读者可带着憧憬之心、探究之趣在

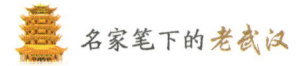

城的古今穿梭，在城的南北畅游。

编者刘敏动情地说："二十年前，我在武汉读大学。如今，我拖儿带女留在武汉，安居乐业。多少次，我漫步于夜幕中的长江大桥，和灯火一起微醺；多少次，我在汉口江滩，寻觅百年的沉浮……"

不只是武汉，每一座城都值得用心去读。《名家笔下的老西安》编者王林波老师的感言，说出了所有编者的心声："三年多的时间里，我们走街串巷地亲历感受，我们翻阅文献广泛搜集筛选，我们对话作者深度访谈。一切的努力，只是单纯地想为你——亲爱的读者呈现最适合的老城市。"

我们有理由相信，这是一套真正的精华读本。读者站在名师深读的肩膀上鸟瞰城市，深入城市的叶脉、根系，享受读城的步步惊喜，体验读城的无穷乐趣。

亲爱的读者朋友们，《名家笔下的中国老城市丛书》是一座开放的城堡，我们将不断寻觅，让这个城堡的成员更丰富，文化更多元，视野更开阔。我相信，你们的阅读也必然是开放的——读城市的文学、文化、文明，读城市的传说、市井、烟火，读城市的性格、秉性、气质，读城市的人、事、景……自己读，和爸妈、老师一起读，走进城市博物馆，实景考察，深度研学；不仅读"我的城"，还要读"他的城"，因为这都是"我们的城"。

再次翻阅一本本书稿，我心中感奋不已。我仿佛又一次和编者朋友们一道，穿行一座座古城，漫步一条条大街，走进一处处深宅，聆听古老钟声，触摸历史心跳。

人在城中，城在心里；一眼千秋，千秋一卷；一卷一城，读行无疆。

于杭州·谷里书院

此时风起是知音

因为江湖，沧海桑田。汉口"五百年前一沙洲，五百年后楼外楼"。因为江湖，两江三镇。（文）武昌、（商）汉口、（工）汉阳，隔江相望，鼎足而立。因为江湖，传奇热血。自古兵家莫不以此作高屋建瓴之势。武汉"形势壮阔，自古用武之地"。因为江湖，水丰鱼美。毛泽东诗曰："才饮长沙水，又食武昌鱼。"

我不是土生土长的武汉人。和许多人心中的武汉印象一样，我眼中的武汉是这样的：她是一汪湖，"不到东湖上，但闻东湖吟"；她是一座桥，"一桥飞架南北，天堑变通途"。

二十年前，我在武汉读大学。如今，我拖儿带女留在武汉，安居乐业。多少次，我漫步于夜幕中的长江大桥，和灯火一起微醺；多少次，我在汉口江滩，寻觅百年的沉浮。

无论是生于斯长于斯，还是暂且停留，或是共度余生，人们都能轻易在这个气质混搭的城市里找到灵魂的出口。

当你不是去观望，而是去感受这座城市的时候，置身其中，你会发现其实她是一座感性与率性交织的城市，樱花只是千帆中的一叶。她是一碗面，无论走到哪里，总忘不了那一口；她是一份情，时间越久，就越发现自己离不开。她古老但不苍老，李白千年前就写下了"黄鹤楼中吹玉笛，江城五月落梅花"的诗句；她年轻但不轻浮，珞珈山下有琅琅读书声，武汉大学在这里等你，一百万大学生在这里等你。从大禹治水、伯牙绝弦到木兰从军的千古佳话，从辛亥首义、保卫大武汉到中华人民共和国建设的历史辉煌，武汉积淀了三千五百年的厚重。漫步在江汉路海关、黎黄陂路、古城租界，聆听历史的诉说，触摸片砖片瓦、一草一木，念念不忘，必有回响。

武汉的江和湖是道不尽的，"万里长江横渡，极目楚天舒""东湖暂让西湖好，今后将比西湖强"……

武汉的景和人是说不完的，看不完的珞珈秀色、老街古巷的流年记忆、荆楚文化的独特魅力……

我愿意娓娓道来，为你细说老武汉的故事，传播老武汉的形象，彰显这座城市的精神，向世界传达武汉的声音。于是，我们将《名家笔下的老武汉》这本书精心划分为八个章节：印象武汉、传说武汉、诗词武汉、伟人武汉、历史武汉、美食武汉、童谣武汉、游学武汉。如此详尽地分类，是希望为读者鲜活地再现武汉的全貌——老武汉的市井文化、老武汉人的生活。即便不能亲临武汉，一睹真容，你也能从这本书里了解武汉的历史，走进真实的武汉。

2020年春节前后，一场突如其来的新冠肺炎疫情牵动着亿万人民的心。没有被禁锢的城，只有离不了的爱。我们以各自的方式守望这座英雄的城市，致敬每一位在抗疫斗争中逆行的英雄，他们用生命守护生命，用希望点亮希望。

此时，武汉回到了我们熟悉的模样——两江穿三镇，热干面就要配蛋酒，龟山依然等着游子归。知音号重新起航，沿途两岸风光，是晴川阁，是黄鹤楼；光谷广场星河璀璨，是灯光肆意，是武汉辉煌。街道两侧的店铺，如往常给这座城市带来烟火气，让人感受到"平凡日常"的珍贵。

一座有韵味的城，一群有故事的人，等风，也等你。

刘敏

目录 MULU

第一章　日暮乡关何处是

2　汉味杂记 / 樊　星
6　因直而爽，因爽而快 / 易中天
8　"玩味" / 易中天
11　武汉，一座火辣辣的城 / 伍　剑
13　夏日闲趣 / 伍　剑
16　倾城之梅 / 望见蓉
19　◎群文探究

第二章　莫愁前路无知己

22　伯牙绝弦 / [明] 冯梦龙
24　孔子使子路问津
27　禹柏与柏泉 / 董玉梅
30　蛇山之巅黄鹤楼
33　◎群文探究

第三章　眼前有景道不得

36　崔颢与其诗《黄鹤楼》的故事
38　李白的武汉情缘 / 王兆鹏
42　汉口竹枝词二首 / [清] 姚　鼐
44　◎群文探究

第四章　茫茫九派流中国

46　水调歌头·游泳 / 毛泽东

49　闻长江大桥成喜赋 / 董必武

52　《颂武汉》和《咏东湖梅》/ 郭沫若

56　◎群文探究

第五章　踏破铁鞋无觅处

58　汉口之根
　　　——汉正街 / 吕善终

62　昙华林："武昌之根"的别样风情 / 阿　成

67　开在喧闹都市里的怀旧之花
　　　——吴家花园 / 高尚艳

70　◎群文探究

第六章　长江绕郭知鱼美

72　武汉的过年 / 池　莉

77　假如你没有吃过菜薹 / 池　莉

82　过早歌

86　舌尖上的武汉之烧梅 / 董宏猷

90　◎群文探究

第七章　忙趁东风放纸鸢

92　儿时游戏 / 何祚欢

96　你还会念武汉童谣吗 / 袁　翔

105　1950年以前的武汉老童谣，你听过吗

107　◎群文探究

研学活动：

做自然的体验者　遇见自然的美

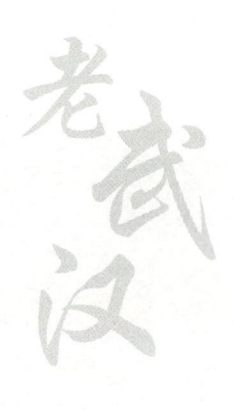

第一章　日暮乡关何处是

日暮乡关何处是，烟波江上使人愁。

　　每个人的心里，都有一个魂牵梦绕的地方——故乡。得意时想到她，失意时想到她。无论走到哪里，这种感情都不会褪色。因为故乡承载着历史，记录着人生，渗透着风情。

　　武汉码头火辣辣的太阳、冬天盛开的梅花、丰富的"过早"文化、滋养一方的大江大湖，都让武汉人心心念念。登高望远，凭栏听风，看得见山，望得见水，记得住乡愁。印象武汉，乡愁武汉。

扫码立领
★ 名师朗读
★ 美文微课
★ 城市印象
★ 老城记忆

名家笔下的老武汉

汉味杂记

◎樊 星

有没得"汉味"?

好像说不上来。

说没得?你只要去南京、上海这些和武汉处在同一纬度上的城市走走,回头来再"运一运"——武汉人把品味说成"运味"——就发现:"汉味"绝对存在!

那"汉味"又是么味呢?

不错。武汉人的口音有特点,所谓"汉腔"。"汉腔"比南京话、上海话,哪个粗?哪个婉转?当然是"汉腔"粗啰。武汉人说话喜欢带"码子",这是有名的。不是有句俗语吗?"四川的娃子,湖北的老子。"就是说:四川人说话好带"娃",湖北人说话好充"老子"。

除此之外,武汉的建筑也有些特点:黄鹤楼就仅此一家,别无分号吧。但也只有一座黄鹤楼呀。江汉关一带的洋建筑不活脱脱是上海外滩的摹本吗?

的确。有得纯正的"汉味"。

随便举个例子:武汉小吃,举世知名,还上了中央电视台。但武汉小吃的正宗品味是么事?说不上来。五芳斋的汤圆是宁波味,福庆和的米粉是湖南味,谈炎记的水饺是北方味。老通城的豆皮虽是武汉特产,但据说也是一个御厨从宫廷中带出来的,搞了半天,还是源于北方。蔡林记的热干面也是武汉特产,可是面食本来就不是武汉人的主食，而且从热干面丰富的佐料来看，我怀疑它是由四川担担面演变而来。"苏味"讲究甜，"川味"讲究麻辣鲜，"粤味"讲究清淡，"汉味"呢？武汉人随么味都能吃得热火朝天。由此可见，武汉人胃口杂，武汉人泼辣。

武汉人的泼辣之处，不仅在吃上，而且在适应力上。

武汉的气候也很有特色。天热起来就成为有名的"火炉"，冷起来就冰天雪地，像个冰窖。北方人过不惯武汉的夏天，南方人受不了武汉的冬天。只有武汉人，"热也好，冷也好，活着就好"，潇洒得很。热天屋里住不得了，武汉人把竹床、躺椅往马路边一摆，就开始吃瓜、聊天、下棋，到了后半夜，再消消停停地睡。不分男女老幼，家家如此，年年如此。街头乘凉大军气势之雄壮，也是武汉的一大特色吧。天冷起来了呢？屋里没得暖气，人们就生个火炉。晚上睡觉，人们抱个热水袋，身子一缩，两耳不闻窗外风。这样也过得蛮好。这就叫：热也热得，冷也冷得。有么法？武汉的天气这么反复无常，发牢骚又有么用？只有泰然处之，才吃（读"qia"）得住。外地人吃不了的苦武汉人吃得住，这就叫泼辣，这就叫坚韧，这就是武汉人的"味"。

武汉的天气，冷就大冷，热就久热。究天人之际：武汉人怒则大叫，喜则大笑，精起来骨头里面熬出油（武汉煨汤堪称一绝），打起来"四海翻腾云水怒"（武汉人喜欢看热闹，喜欢"黄鹤楼上看翻船"）。这种多重性格的杂糅统一，与武汉气候的反复无常恐怕不无关系。

生活中常常有这样的事：两个人常常为一点小事争执起来，都要占强（不然就掉底子、丢面子了），于是气得浑身发颤、脸色苍白，于是骂得昏天黑地、尖刻狠毒，于是打斗者无形中便实现了"角色转换",变成了两个表演者了!而这场表演马上便成为围观者的谈资——怒火与笑谈就这样奇特地组合在一起。而两个人的打斗若是被好心人拉开了呢?打斗者边走还要边吼些"你跟老子记到!""你打得轻爽!"之类令人捧腹的话,以示面子未失、底子未掉——这就是武汉人常说的"要味""斗狠"。

但这种粗俗的打斗和围观又并不妨碍当事人追逐豪华、气派、体面、高雅。武汉人才不讲"不显山不露水"哩,武汉人就是要"显"。武汉人的结婚消费曾高居全国之冠,讲的也是"要味"。摆起排场来,打肿脸也要充胖子——豪华气派的追求折射出武汉人"人往高处走"的向往,也掩饰着粗俗与泼辣的本相。但要是狭路相逢呢?那时为了"要味",为了人比人不至于气死人,又不惜把粗俗与泼辣的本相显露出来,轻则大争大吵、指手画脚一番,重则大打出手、头破血流一场——高雅与粗俗就这么谱成了变奏曲。

武汉人就是这么泼辣:能受苦,能享受;能高雅,能粗俗;能经受酷暑严寒的考验,能享受五湖四海的特产。

武汉人就是这么泼辣:能像河南人一样吃苦,像湖南人一样务实,又能像江浙人一样精明,像四川人一样幽默,还能像广东人一样追赶新潮。这就是"汉味"之杂。

这就是武汉人的多重品格的奇特结合。

这一切,是"九省通衢"的地理环境使然。

这一切,也是反复无常的气候使然。

这一切,还是楚人先民"俗剽,轻易发怒"的遗传因子使然吧。

南京有南京的骄傲:"江南佳丽地,金陵帝王州"。上海有上海的自豪：都市的象征，冒险家的乐园。

武汉呢？它就仅仅是"九省通衢"之地？

No，no，no。"天上九头鸟，地上湖北佬"的俗语尽人皆知。"九头鸟"是否仅仅是精明的比喻？我倒以为，"九头鸟"用来形容武汉文化的杂糅品格、斑斓色彩和武汉民风的多重特质、多副尊容，是再好不过的象征了。

> **读与思**
>
> 1. 作者哪里像是在写文章，简直就是在和我们闲聊！但是聊着聊着，我们就跟随作者尝遍了"汉味"。题目叫"汉味杂记"，但好像文中所谈的"味道"又是有条理的：口音、建筑、食物、气候、性格……为什么题目还称"杂记"呢？
>
> 2. "汉味"如此丰富，如果你以后有机会去武汉，也要去感受一下其中的"味道"，好吗？当然，你若能用心去看一看、写一写自己家乡的"味道"，也很好呢！

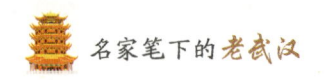

因直而爽，因爽而快

◎易中天

江湖上，谁不知道可爱的武汉人？

其实，武汉人是非常可爱的。外地人害怕武汉人，是因为他们不了解武汉人。

武汉人有武汉人的优点。武汉人最大的优点是直爽。爱骂人，就是他们直爽的一种表现。尽管表现得不太文明，但至少也说明他们喜怒哀乐胆敢形之于色，骨子里有一种率真的天性。这种天性使他们极其厌恶"啫"，厌恶"鬼做"，同时也就使他们不太注意修养，给人一种"少有教养"的感觉。武汉人说话直统统的，很少拐弯，也不太注意口气和方式。比方说，到武汉的机关单位去办事，门房会问："搞么事的？"而不会问："您是哪个单位的，有什么事吗？"甚至谈生意时，他们也不会说："你看，我们该怎么合作？"而会说："你说么样搞吵！"这种说话方式，就很让外地人受不了。

更让人受不了的，则是他们发表不同的意见的时候。一般地说，中国人说话比较委婉。即便要发表不同的意见，也要先做铺垫，比如"阁下所言极是，只不过……"云云。武汉人可没有这一套。如果他不同意你所说的，那么，对不起，你的话还没说完，他就会一声断喝："瞎款！"所谓"瞎款"，也就是"胡说、乱讲、扯淡"的意思。你如果亲耳听过武汉人说这两个字，就会觉得它要比其他说法生硬得多。

这其实也是直爽的一种表现，即因直而爽，因爽而快，其结果便是快人快语了。武汉人肚子里没有那么多"弯弯绕"，喜欢"当面锣当面鼓"，最痛恨"阴倒搞"。"阴倒搞"也叫"戳拐"，一般指背后告刁状，也指说坏话、散布闲言碎语等。与之相配套的另一个词是"找歪"，也就是"找岔子、找麻烦、找不自在"的意思。武汉人痛恨"阴倒搞"，所以他们有什么不同的意见，就要痛痛快快地当面说出来，包括说你"瞎款"。这好像有点奇怪。武汉人不是挺讲究"就不就味"的吗？怎么能这样不给人面子呢？也许，武汉人并不认为这是"不就味"吧！至少，我在武汉生活了这么多年，还没见过有人因说"瞎款"而翻脸的。相反，如果一个武汉人会当面说你"瞎款"，则他多半是把你当作了自己人。因为这说明他和你之间没有芥蒂，没有隔阂，可以随便说话，包括说你"瞎款"。

读与思

城市面貌有可能千城一面，但不同城市的人的性格却各具特点。读了本文，你认识"喜怒哀乐胆敢形之于色"的武汉人了吧！文中的武汉人就是这样直接，遇到不爽快的人或事，一定要痛痛快快地当面说出来。你的生活中是否也有这样直爽的武汉人呢？

"玩味"

◎易中天

武汉人也像孩子一样爱玩。不过，武汉人的爱玩，又不同于成都人的爱耍。成都人的爱耍是真的去玩，武汉人则往往把不是玩也说成是玩，比如"玩味""玩朋友""玩水"。玩水其实就是游泳。全国各地都有爱游泳的，但把游泳称为"玩水"的，好像只有武汉。武汉夏天时间长、气温高，江河湖泊又多，"玩水"遂成为武汉人的共同爱好。

武汉人"玩水"的高潮或者说壮举是横渡长江。这件事是毛泽东带的头。毛泽东不但开横渡长江之先河，还写下了"万里长江横渡，极目楚天舒"的名句，使武汉人大得面子，也大受鼓舞。于是，横渡长江便成了武汉市每年一度的大事。不过这事可真不是好玩的，非水性极好不可。但武汉人却乐此不疲。因此，我常想，幸亏武汉人只是爱"玩水"，要是爱"玩火"，那还得了？

武汉人的好相处，还在于他们没有太多的"穷讲究"——既不像北京人那样讲"礼"，又不像上海人那样讲"貌"。如果说要讲究什么的话，那就是讲"味"。武汉人的"味"确实是一种讲究——既不能没有或不懂，也不能太多或太大。"冒得味"是遭人瘆的，"不懂味"是讨人嫌的，而"味太大"则又是会得罪人的。"你这个人还味大得很呀"，也就无异于指责对方端架子摆谱，不够意思。

第一章　日暮乡关何处是

摄影：何小白

　　由此可见，武汉人的处世哲学比较朴素，而且大体基于一种"江湖之道"。武汉人的确是比较"江湖"的。他们远不是什么"最市民化"的一族。尽管武汉建市已经很久，武汉人也都多少有些市民气，但他们在骨子里却更向往江湖，无妨说是"身处闹市，心在江湖"，与北京人"身居帝都，心存田野"颇有些相似。这大约是因为北京周边是田园，而武汉历来是水陆码头。码头往往是江湖人的集散地，江湖上那一套总是在码头上大行其道。久而久之，江湖之道在武汉人这里就很吃得开，武汉人也就变得有点像江湖中人。比如"拐子"这个词，原本是江湖上帮会中用来称呼"老大"的，武汉人却用来称呼自己的哥哥：大哥叫"大拐子"，二哥叫"二拐子"，小哥就叫"小拐子"。对于这些带有江湖气的话，武汉人都很喜欢，流传起来也很快。武汉人也像江湖中人一样有一种"四海之内皆兄弟也"的观念。比如他们把所有结过婚的女人统统叫作"嫂子"，这就无异于把她们的丈夫统统看作哥哥了。他们当然也像江湖中人一样爱"抱团儿"。这一点也和北京人相似。不过北京人的圈子和武汉人的圈子不大一样：北京人更看重身份和品类，武汉人则更看重恩怨。"有恩报恩，有仇报仇"是武汉人的信念。在他们看来，一个分不清恩怨的人，也一定是分不清是非的人。

总之，武汉人是很可爱的。他们为人直爽，天性率真，极重友情。要说毛病，除爱骂人外，也就是特别爱面子，要"味"。所以，和武汉人打交道，一定要给足面子，"顺着他的毛摸"。苟能如此，你就会在他们粗鲁、粗暴的背后体会到温柔。

读与思

都说一方水土养一方人，不同的地理环境造就了不同的地域性格，例如：北京人豪放大气、有"范儿"；上海人精明、细致、善于经商；四川人坚韧勇敢、仁义厚道、乐观幽默、泼辣豪爽；山东人豪爽细腻、忠孝仁义、纯朴厚道……与不同地方的人交往了解后，我们总会有不一样的感受。读了这篇文章，我们了解到武汉人可爱、为人直爽、天性率真、极重友情、爱面子、讲"味"的性格特点。你喜欢这样的武汉人吗？

第一章　日暮乡关何处是

武汉，一座火辣辣的城

◎伍　剑

　　武汉的夏是铆足劲的热。

　　早上升起的太阳就像发烫的火球挂在屋顶上，天上的云彩好像被太阳烧化了，消失得无影无踪。休息一夜的树还是没有缓过劲来，有气无力地垂着头；平时活蹦乱跳的小鸡也藏在阴暗的地沟边张着嘴喘着粗气；还有那些叽叽喳喳的雀儿，早就不见了踪影。站在门前朝远望去，你会看见不远处的屋顶和树木像着了火似的冒着烟。十点钟左右坚硬的柏油路就被火炉似的太阳烤得发黑、发亮，晃着你的眼，像着火似的升腾着烟雾。太阳升得越高，柏油路面的雾气越大，远远望去，整条道路都变得朦朦胧胧。如果不小心踏上去，你不仅感到软软的，更会感到烫脚。于是，你急忙想拔出腿，可鞋已经被黏住了。

　　整个城市像是一座燃烧着的火炉，哪儿都烫手。家里的桌子是热的，板凳坐着烫屁股，就是从水缸里舀出来的凉水也是温突突甚至热乎乎的。男人们不再讲究绅士风度，袒露上身，套着裤衩，趿着拖鞋，他们一手拿着一柄发黄的蒲扇，一手用湿毛巾不停地擦着身体上像泉水般冒出来的汗珠儿。擦过一阵汗后，他们就开始拧毛巾，水会噼噼啪啪地往下淌。落到地面上的水，像是无意洒到炉火正旺的炉膛里，发出吱吱声响。过一小会儿，地上的水迹便完全消失，只留下一块干裂的土球，那是被水侵袭过、又晒干后形成的团土。

名家笔下的老武汉

空气中热浪滚滚，就连吹过来的一丝风也是热的。与北方的干热不同，武汉的热是湿热。酷热的空气中充满湿气，人的身体上永远是黏糊糊的。待在城市中的人如同挣扎在锅底的一条鱼，让你有种想逃离而又无可奈何的感觉。

读与思

武汉，是一座很有性情的城市。武汉的春天特别短暂，夏天总是来得猝不及防。而武汉人的性格也如同这天气一样，泼辣而豪爽……面对艰难的生活，那些小人物的身上却体现出坚韧和乐观的精神。这些元素也自然地唤起你的亲切感，让你可感可触生活之美、自然之美、人性之美！

夏日闲趣

◎伍 剑

夏天不管是男人还是女人，身体上都有一股汗酸味。好在长江、汉水离得很近，没事干的时候男人们都躲进长江、汉水里，小孩更是从早到晚都泡在江水里。辛苦的是那些做母亲的女人们，还要在火炉旁做着饭菜，等待孩子和丈夫回家吃饭。

当太阳渐渐失去威力的时候，大街上就会出现很多被太阳晒得红通通、赤裸着的身体，他们肩上挎着或头上顶着裤衩，一路摇摇晃晃，朝自家门口走去。

在男人和孩子回家前，女人们将做好的饭菜用筲箕罩在桌子上，然后提着大的洋铁皮水桶往滚烫的麻石地面上一遍遍地浇冷水。一桶水下去，蒸气立马冒上来；等拎来第二桶水的时候，地面上已经见不到水迹；四五桶水下去，地面上才留有积水。此时暑气并没有消去，直到地面上的水完全被地面吸收，热气才渐渐散去。这时，女人们会坐在家门口等待男人和孩子们回家。

回到家的男人们也不休息，直接进屋将竹床搬到刚才女人们洒过水的地方。一张张竹床瞬间摆满了整条大街，过路的行人必须在竹床、赤裸着上身的男人、穿着短裤衩的女人中穿行。

竹床的摆放多在自家门前，谁也不会越雷池一步，邻里之间就是这么平静和谐。竹床摆好之后，女人和孩子们开始把罩在筲箕里的饭菜端到竹床，或者竹床前的小桌上；男人们拿出酒开始吆喝邻里；孩子们则端着饭碗在竹床阵中穿行，见到哪家有可口

的菜，就伸出筷子夹上一些放到自己的饭碗里。有时候女人们也会互相走动，品尝对方的菜肴，然后发出"啧啧"的赞叹声，并交流起做菜的心得。

外婆做的菜肴最受大家欢迎。她常在太阳出来前到野地里摘一些像马齿苋一类的野菜。这些野菜可以过水后凉拌着吃，作料也就是葱、姜、蒜、酱油、醋，再加上一些被油炸过的干辣椒。邻里家也都是这样做，但外婆做得最好吃。所以，邻里的小伙伴常常一见到我家的菜上桌，就一窝蜂地伸出筷子来夹，一会儿盘子就见底了。

没菜也不要紧，隔壁的邻人会主动把自家的菜拨一些放到盘子里。"见笑，尝尝我的手艺。"邻人这样说道。

吃完晚饭，天黑得似墨色的天鹅绒一般，无数星星发散出磷色的光辉，织成一个个美丽的图案。炎热的夏夜是乏味枯燥的，而孩子们总能找到许多乐趣。大家开始躺在自家的竹床上聊天。

竹床有新旧之分：新竹床呈青、黄两种颜色，闻起来有股清香；年月久了，竹床就会发黄变红，最后呈现出紫檀色，这是时间浸润的产物。竹床若保养不好，常会生虫，略一摇晃，便粉尘满地。我家那个年初购买的竹床就生虫了，于是，整整一个夏天，我都会拿着一根铁丝穿过蛀洞，细细寻找虫子的足迹，然而总是大失所望，心想：虫子到底在什么地方呢？

不久，夜风微微袭来，虽然人们身体上还是黏糊糊的，但已经不是那么燥热了。劳累一天的人们采用各种姿势睡在竹床上，整条大街上也开始响起此起彼伏、长短高低的鼾声。等到凌晨三四点钟，露水下来了，大人们就轻声地唤醒自家的孩子，睡得迷迷糊糊的孩子们闭着眼睛站起身，男人们便连忙把竹床搬进屋里，孩子们跟在大人的身后，跌跌撞撞地走进屋，倒在竹床上再次入睡。

如此日复一日，便是一整个夏天。

读与思

武汉的夏，热烈有趣，空气中热浪滚滚，而恰是这种酷热让武汉的夏天少了几分矜持，多了几分市井。大家乘凉，聊天，露天吃饭、睡觉……生活，就是如此平淡而真实。

读完这篇文章，请你大胆设想：如果你生活在武汉，你会喜欢武汉的夏天吗？你又是否会想起自己那平淡而真实的故乡的夏天呢？

倾城之梅

◎望见蓉

一直下意识地以为，武汉像是一个粗糙的男人，块头大，声音粗，说话总带着"老子天下第一"的气势。连长江、汉水汇流于此，也是浩浩荡荡、平铺直叙，没有温柔恬雅，没有婉约歌吟。超出西湖6倍面积的东湖更似袒胸露乳的粗汉，与震古烁今的西湖相比，总觉得少了江南才子的蕴藉和大家闺秀的温婉。

深切地认识武汉，是从梅开始的。最隆重的要数东湖磨山梅园的梅花。东湖磨山梅园占地800多亩，植梅万余株，拥有梅花309种，位列全国四大梅园之首。红的、粉的、绿的、白的，大树亭亭如华盖，小树玲珑如虬枝。这里可谓梅的盛宴、梅的博物馆、梅的伊甸园。

东湖正门右侧也有一片梅林。这儿没有磨山梅园的热闹。这儿的梅清静自在，一坡一坪地连着，像裁缝不经意间余下的一块布头，因别的需要被裁剪得很不规整了，俨然一副随遇而安的样子。倒是一间刷过红漆的五角亭在梅的芳菲间默立，给这里的散漫增添了主心骨。梅树高大中透着纤弱，倔强中缠满柔情。百余株梅，或粉，或红，或绿，或白。枝条勾肩搭背、随行就市地长，形成好看的云影和华盖。人在花下悠悠地穿行，细屑般的花瓣寥寥地零落一地，刚吐芽的小草便一拥而起，凑上来亲昵嬉戏。枝条、花尖都噙着盈盈的雨露，似脉脉的泪珠。人内心的情绪便一簇一簇地往外走，跌到青苔湿地的花瓣上，就是含了粉色

第一章 日暮乡关何处是

摄影：何小白

香的春愁。拌匀了，涂在脸上，吸入心里，都是蜜甜的诗情和淡雅的愁绪。

这些梅有的捏着小拳头，有的举着浑圆的小脑袋，满是挑逗的狡黠。它们有的是时间，所以总爱与人做冗长的猜谜游戏。有的乍开乍收，是两情相悦正当时；有的完全绽放，没了一丝保留……

梅是与凛冽的寒冬巅峰对决的斗士。它我行我素，冲出肃杀和围剿，笑傲枝头。它不需要绿叶的陪伴，也不需要春风的奉迎，它从冬灰头土脸的寒窑里走出，用质朴的胸怀装载人类文明的梦想。

梅以疏瘦的枝干挺起卓尔不群的傲骨，以人世间第一缕幽香唤醒这座城市明媚的春天和曼妙的柔情。我常想，是东湖的梅不经意间点化了我，让我倏忽间悟出了武汉独特的美。

名家笔下的**老武汉**

读与思

1.文章最后一句说："我常想，是东湖的梅不经意间点化了我，让我倏忽间悟出了武汉独特的美。"你能根据前面的描写，用自己的话加以具体说明吗？

2.如果你有机会去武汉的话，一定要去看看东湖不同品种、不同颜色、形态各异的梅。春天的时候，你家附近是否也有许许多多、各式各样的花，你像作者一样仔细观察过它们吗？

群文探究

1.武汉的味道,不在高楼而在街头巷尾。三镇隔江,长江翻滚波涛。一个地方的味道,是建筑,是外观,更重要的还是创造这些的人。因此,"地方味"说穿了就是"人味"。通过这一章的阅读,武汉的乡土人情给你留下了怎样的印象呢?请在下方的框内写出你印象最深的关键词。

2.冯骥才把城市比作生命，他在自己的书中写道："城市和人一样，也有完整的生命历史。"一座城市就像一个鲜活的人，如果没有独特的性格，也就不存在城市特有的灵魂魅力。如果要把武汉这座城市比作人，那她的性格是怎样的呢？

第二章　莫愁前路无知己

莫愁前路无知己，天下谁人不识君？

一山一水之中，一砖一瓦之间，一屋一院之隔，都是武汉历史的碎片，流传着动人的故事，装点着这座城市的浪漫与飘逸。"高山流水"的典故感天动地，成为千古绝唱；琴断口、古琴台、钟家村，以地名记载着美丽的传说；孔子使子路问津，千年文脉薪火相传；花木兰替父从军，"万里赴戎机，关山度若飞"……

扫码立领
★ 名师朗读
★ 美文微课
★ 城市印象
★ 老城记忆

名家笔下的老武汉

伯牙绝①弦

◎ [明] 冯梦龙

人生苦短，知音难求；云烟万里，佳话千载。纯真友谊的基础是理解，中华文化在这方面最形象、最深刻的阐释，莫过于春秋时期楚国俞伯牙与钟子期的故事。伯牙绝弦，也叫作伯牙鼓弦。它讲述了一个知音难求的故事，俞伯牙与钟子期是一对千古传诵的至交典范。俞伯牙善于演奏，钟子期善于欣赏。这就是"知音"一词的由来。

伯牙善鼓②琴，钟子期善听。伯牙鼓琴，志在高山③，钟子期曰："善哉④，峨峨⑤兮⑥若⑦泰山！"志在流水，钟子期曰："善哉，洋洋⑧兮若江河！"伯牙所念⑨，钟子期必得之⑩。子期死，伯牙谓⑪世再无知音，乃⑫破琴绝弦，终身不复⑬鼓。

（选自《警事通言》）

注释

①绝：断绝。

②鼓：弹。

③志在高山：心里想到高山。

④哉：语气词，表示感叹，也表示"啊"的意思。

⑤峨峨：高。

⑥兮：语气词，相当于"啊"。

⑦若：像……一样。
⑧洋洋：广大。
⑨念：心里所想的。
⑩之：他。
⑪谓：认为。
⑫乃：就。
⑬复：再，又。

译文

伯牙擅长弹琴，钟子期擅长倾听。伯牙弹琴的时候，心里想到巍峨的高山，钟子期听了赞叹道："好啊！这琴声就像巍峨的泰山！"伯牙弹琴时，心里想到澎湃的江河，钟子期赞叹道："好啊！这琴声宛如奔腾不息的江河！"无论伯牙想到什么，钟子期都能准确地说出他心中所想。钟子期去世后，伯牙认为世界上再也没有比钟子期更了解自己的知音了。于是，他把自己心爱的琴摔破了，断绝了琴弦，终生不再弹琴。

读与思

"伯牙绝弦"，是交朋结友的千古楷模，给人以历久弥新的人生启迪。这个故事荡气回肠、耐人寻味，树立了中华民族高尚节操与纯真友谊的典范，堪称东方文化之瑰宝。古人说："士为知己者死。""伯牙绝弦"，向人传达了一种真知己的境界，这也正是它流传至今的魅力所在。读了这个故事，你感动吗？你身边是否也有这样的朋友？和大家讲一讲你们的故事吧！

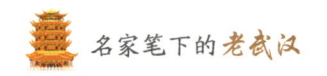

孔子使子路问津

公元前497年（鲁定公十三年），55岁的孔子离开鲁国，开始周游列国。公元前484年（鲁哀公十一年），孔子68岁时返回鲁国，致力于教育和文献整理工作。孔子及其弟子周游列国历时14载，先后到过卫、曹、宋、郑、陈、蔡、楚、齐、周等诸侯国。期间，孔子及其弟子经历了很多耐人寻味的事情，影响深远的便是公元前489年（鲁哀公六年）孔子63岁时，在陈蔡绝粮被困7日之后前往楚国负函（今平桥区长台关乡城阳城一带）途中产生的历史典故"子路问津"，也称"指点迷津"。

长沮、桀溺耦而耕，孔子过之，使子路问津焉。长沮曰："夫执舆者为谁？"子路曰："为孔丘。"曰："是鲁孔丘与？"曰："是也。"曰："是知津矣。"问于桀溺。桀溺曰："子为谁？"曰："为仲由。"曰："是鲁孔子之徒与？"曰："然。"曰："滔滔者天下皆是也，而谁以易之？且而与其从辟人之士也，岂若从辟世之士哉？"耰而不辍。子路行以告。夫子怃然，曰："鸟兽不可与同群，吾非斯人之徒与而谁与？天下有道，丘不与易也。"

（选自《论语·微子》）

第二章 莫愁前路无知己

故事链接

春秋晚期，孔子带领弟子周游列国，积极传播儒家学说，争取当权者的支持，以实践自己"仁爱"和"德政"的治国思想，谁知没有一个国家能够重用他。公元前489年（鲁哀公六年），孔子一行在赴楚国负函途中，眼看目的地就要到了，可是前面有一条河流挡住了去路。那条河不是太宽，远远望去，河道蜿蜒曲折，水如银带，近看河水清澈见底，与另一条河流在此汇合。这天傍晚，孔子师徒走到这里，就是找不到渡口。没有渡口怎么过河呢？

正当孔子和他的弟子为过河犯愁之际，他们看到不远处田野里有两位老人正在低头锄地。这两位老人正是当时隐居在这里的高士长沮和桀溺。于是，孔子派大弟子子路前去向两位隐士请教渡口的位置。

两位隐士看到子路走过来，又看到不远处坐在车上的孔子。还没等子路说明来意，长沮就问子路："那位坐在车上的人是谁？"子路说："他是我的老师孔丘。"长沮抬起头，用嘲笑的口吻问："是鲁国的孔丘吗？""是的。""哦，他不是生而知之吗？他应该知道渡口在哪里呀，还来问我们这些种地的人干吗？"

子路讨个没趣，又转身去问另一位隐士桀溺。桀溺停下锄头，问："你是谁？""我是仲由。""你是鲁国孔丘的弟子吧？""是的。""告诉你，当今天下大乱，犹如滔滔洪水，谁能改变这样的世道呢？你与其跟着那个总是躲避坏人的人到处游历，还不如跟着我们这些避开乱世的人做个隐士呢。"桀溺说完话，又忙着锄地，再也不理会子路了。

子路没有打听到渡口的位置，只好把长沮和桀溺两位隐士的话转述给老师。孔子听后，心里相当难受，酸楚、悲凉中还夹杂着一股落

名家笔下的老武汉

寞。过了好一会儿，孔子若有所失地告诉他的弟子："人是不能同飞鸟走兽为伍的。鸟是会飞的，在天空中可以自由飞翔；兽是生长在山林中的，可以无忧无虑地行走。我们不同世间的人打交道，还同谁打交道呢？如果天下太平，符合正道，我也没有必要这么辛苦周游列国，力图改变这个乱世了！"

后来，在一位农夫的指点下，孔子和他的弟子在太阳快要落山的时候终于找到了渡口，过了河，并顺利到达负函。后人为了纪念孔子及其弟子路过这里，便把子路"问津"的河流叫子路河，"问津"处所在的乡镇叫子路镇，还有一个村子命名子路村，一条街道命名子路街。子路河、子路镇、子路村、子路街都是因"子路问津"这个典故而得名。

读与思

"孔子使子路问津"是孔子及其弟子周游列国时，在陈蔡绝粮被困七日之后前往楚国负函途中发生的历史典故。文中，面对纷乱的社会，长沮、桀溺两人和孔子分别采取了怎样的态度？你又是怎样看待"辟人之士"的？用你自己的话来说一说吧。

禹柏与柏泉

◎董玉梅

龟山上有禹柏，传说是大禹亲手栽种的。因这个传说，北宋著名文学家苏东坡写有著名诗句《禹柏》："谁种殿前柏，僧言大禹栽。不知几千载，柯干长苍苍。"而且这千年古柏，还带出了一个离龟山距离相当远的地名——柏泉山。据嘉靖《汉阳府志·卷二》记载："柏泉山在县治西北四十里，井底双鱼动跃，泉枯则柏根并现。相传自禹祠古柏来。"原来，大禹在龟山所植柏树之根系一直延伸到了县北四十余里的地方，因柏根在古井内显现，此地得名"柏泉"。

一棵多么大的树才能有如此发达的根须呢？这个根须是什么样子的呢？双鱼动跃是什么景象呢？据说，柏泉古井底的大小两树根，木质坚硬，颜色深红，泉水恰好从两鱼口处相对涌出。当太阳直射井底时，可观泉水翻腾，双鱼游动。真可谓"人间老树亦无数，此树应以人而奇"（《大别山小志·禹柏图》）。明代官员赵弼曾专程来看古井奇观，写有"影沁空霄玉鉴光，苔封石凳色苍苍。汲来数仞清泉水，犹带高林柏子香"之诗句。

今天的柏泉山早已成为柏泉镇。柏泉古井依然保存着，我曾专门到柏泉，在正午时伏在井口，只看见密密麻麻的钱币早已把双鱼遮掩得严严实实，根本无法看到"其泉对面涌出，如鱼戏水"之状了。这当然是件遗憾之事，但即便看到了双鱼游动之状，人们真相信这根须就是大禹在龟山所植禹柏之根吗？我以

为，人们之所以把柏泉古井中的"双鱼戏水"根状物解释为柏树根，就是大禹文化根深蒂固的作用使然。它既反映出人们对大禹的崇敬之情，也反映出一种文化心态。因此，说柏泉是一个井名，是一个地名，还不如说是大禹文化的另一种象征与表达。

尽管有着这样那样的原因，但有关大禹的传说、散建于三镇的大禹庙阁以及相关的地名，仍然深系着武汉人的大禹情结——在洪水中挣扎的世世代代积累下来的抵御洪水的文化心态。只是由于人类对自然的敬畏逐渐减少和消失，致使已经供奉了800余年的禹王并不能为我们免除灾难，年年岁岁的供奉换来的仍然是灾难的无数次降临，仍然是生命的无数次被吞噬。每一处和大禹、龙王以及各种水神有关的文物和遗迹，都浸透着灾民的血和泪。因此，与其说大禹、龙王、水神是人类的保护神，不如说人类自己才是自身的保护神。

无数灾难和血泪，都让我将其与上古时期天帝对人类的惩罚相联系，都让我为因救助人类而被天帝杀死在羽山的鲧而叹息，都让我想起大禹三过家门而不入的艰辛，想起大禹因化为黄熊开山而失去妻子的不幸。虽然我们拥有大禹时代无法比拟的现代化设施，有大禹无法想象的高新科技，但我依然想大声呐喊："如果再不敬畏自然，天帝给人类的惩罚将不再是一场洪水，而是无数说不清的灾难和毁灭。"我还是断章取义地用一段屈原的《天问》来回答这个问题吧："洪泉极深，何以填之？地方九则，何以坟之？"

> **读与思**
>
> 　　相传，舜帝命大禹治水，大禹辛劳多年，"三过家门而不入"，终于治服洪水。"禹植柏龟山头，根达柏泉井中。"据记载，清朝时有人淘柏泉井，还发现井中有树根存在。
>
> 　　有专家称：树根不可能长达几十公里，泉水从树根里喷出则更是匪夷所思。不过，古人都知道树能涵养水源，给人带来甘泉，那么作为现代人，我们就更应珍惜身边的绿色。作为21世纪的青少年，我们能为保护环境做些什么力所能及的事呢？

蛇山之巅黄鹤楼

位于武汉市蛇山之巅的黄鹤楼,始建于公元223年。这座楼屡建屡毁,仅清代就七建七毁。各代的黄鹤楼风格不同,宋楼雄浑,元楼堂皇,明楼俊秀,清楼奇特。

黄鹤楼的传说之一

建楼的传说是美丽的。一千多年前,有位姓辛的老人在蛇山上开了酒店,常客中有一道士,回回喝酒不买酒菜,只用随身带着的水果下酒。店主人揣想他一定清贫,执意不收他的酒钱,同他交了朋友,道士也不推辞,就此领受。一天,他用橘子佐酒,饮罢,用橘皮在酒店的壁上画了一只黄鹤,自言道:"酒客至拍手,鹤即下飞舞。"遂去,再也没有见他回来。店中吃酒的人里有好奇的,想当场试试,便面对壁上的画拍手。那黄鹤真的展翅飞下,在店外舞了一圈,又复原位。此事迅速传开,酒店大旺,连店里的井水也喝干了。当地一名贪官借口要除妖,命人把那面墙壁装船移到官府。谁想船行到中途,黄鹤抖翅飞走了,贪官追鹤,葬身江中。卖酒老人为怀念仙鹤,在原址建立了黄鹤楼。

黄鹤楼的传说之二

黄鹤楼可不好建啊！鲁班从鲁国到楚国考察，早已了然于胸。他头插草标，在集市上要卖身，一个穷汉把鲁班领回了家。鲁班每天上山砍柴，每天从柴里挑一根好材削成光溜溜的木楔存起来。穷汉不解，在做饭时顺手把一根木楔添进灶火中，鲁班叹道："这是无价宝，将来有用。"到了百日，鲁班留言："放得千日货，自有变钱时。"然后离去。三年之后，蛇山上造起了黄鹤楼，但倾斜严重，有倒塌之险，楔了这头那头歪，急得工匠团团转。穷汉照着鲁班的楔子样削了一个，凑成一百个，上集去

摄影：何小白

名家笔下的老武汉

卖。建筑师见此宝楔，十分中意，花重金买下。那穷汉站在龟山上对着黄鹤楼，将楔子一个个抛了过去，九十九个楔子呼呼作响飞过长江，牢牢楔在黄鹤楼上，只有一个木楔落入江中，那是穷汉削的。黄鹤楼因少了一个楔子，还略微有些倾斜，但也千秋无妨了。

读与思

说起武汉，大家最先想到的一定就是黄鹤楼。黄鹤楼位于武昌蛇山峰岭之上，享有"天下江山第一楼""天下绝景"之称。读了本文，你一定对黄鹤楼又有了进一步的了解。关于黄鹤楼的传说还有很多，请你尝试着查阅资料，了解更多有关黄鹤楼的知识吧！

群文探究

1.在2300年前的战国时代，在古汉阳地区发生了俞伯牙和钟子期"高山流水遇知音"的传奇故事。知音文化，关键在一个"知"字，"知"就是知音、知己、知心。与人与人之间一般的情谊相较，知音是一种更高的境界，要达到知心知人，所以古人常浩叹"知音难觅"。读了这个故事，你是怎样理解知音文化的呢？

我的理解

2.武汉的著名景点黄鹤楼、蛇山等都有着丰富的历史传说，你还知道哪些呢？与你的同伴说一说吧！

景点：

历史传说：

第三章　眼前有景道不得

眼前有景道不得，崔颢题诗在上头。

　　武汉如此多娇，引无数文人竞折腰。唐诗中的武汉，是诗人的福地、诗歌的重镇。历代文人墨客皆喜好游历山川美景，寄情于景，情景相依。当诗词与美景相遇，一遣词一造句都惊艳了流转的岁月。面对气势恢宏的黄鹤楼，崔颢题诗珠玉在前，李白也为其折服——"搁笔亭"讲述着文人相"重"的美谈。

　　在黄鹤楼上登高远眺，追忆李白的武汉情缘，感受"江城"之美，将你的情意融于山水草木之间，你是否也会留下同样动人的篇章呢？

扫码立领
★ 名师朗读
★ 美文微课
★ 城市印象
★ 老城记忆

崔颢与其诗《黄鹤楼》的故事

黄鹤楼

昔人已乘黄鹤去，此地空余黄鹤楼。
黄鹤一去不复返，白云千载空悠悠。
晴川历历汉阳树，芳草萋萋鹦鹉洲。
日暮乡关何处是？烟波江上使人愁。

崔颢是唐代有名的诗人，他的名气虽然没有李白、杜甫、白居易那么大，但是他的这首《黄鹤楼》却使李白甘拜下风。

有一次，李白去游览黄鹤楼，由于李白是很有名气的大诗人，听说他要来黄鹤楼，许多人慕名而来，都想一睹这位大诗人的风采。文人墨客、地方官员更是对李白前呼后拥，不离左右。那阵势就像今天的大明星出场一样气派。李白早就习惯这种场面了，你们前呼也好，后拥也罢，他无所谓，只是尽情地观赏这黄鹤楼的景色。这里美好的景色深深地吸引了他。地方官见时机已到，马上递来笔墨："先生，请赐诗一首！"李白也正有此意。他接过笔，正要往墙上题诗，突然看见旁边崔颢的这首诗，他的手就停住了，嘴里念念有词。过了片刻，李白扔下笔，快步地走下了黄鹤楼。人们大惑不解，地方官更是惋惜："先生，先生，还没题诗呢！"李白头也不回地说："眼前有景道不得，崔颢题诗在上头！"他的意思是说，崔颢已经把此处的景写绝了，他再

写也超不过了，因此他就不写了。

黄鹤楼的墙上题满了诗词，唯独这堵墙，任何诗人都不敢再题诗了，因为谁都不敢说自己能够超过李白啊！听说，直到现在这堵墙还空着呢。

读与思

话说一日李白来到武汉，登临著名的黄鹤楼，望着滚滚长江水，诗兴大发，正欲题诗壁上，忽然发现崔颢的《黄鹤楼》。此诗气势恢宏，堪称绝唱。李白搁下手中笔，发出"眼前有景道不得，崔颢题诗在上头"的感叹，一时间"崔颢题诗，李白搁笔"传为佳话。自此，崔颢声名鹊起，其诗《黄鹤楼》亦被誉为唐诗七律之首。

李白的武汉情缘

◎王兆鹏

李白（701~762）是中国诗歌史上最伟大的诗人之一。李白一生与武汉至少有两段情缘。其一是唐玄宗开元年间，李白"仗剑去国，辞亲远游"（《上安州裴长史书》）之后，"酒隐安陆，蹉跎十年"（《秋于敬亭送从侄专游庐山序》）期间。开元十二年（724），李白作别匡山、峨眉，开始其漫长的纵横游历生涯。十五年（727），"许相公家见招，妻以孙女"（《上安州裴长史书》），李白遂入赘（zhuì）许府。李白抱负宏远，欲"申管晏之谈，谋帝王之术，奋其智能，愿为辅弼（bì），使寰（huán）区大定，海县清一"（《代寿山答孟少府移文书》），然放于才情，疏于人事，虽几经求谒，终无所成就，遂蹙（cù）居安陆，时或出游。在此期间，李白偶游江夏（今湖北省武汉市武昌区），创作了《江夏行》《江上寄巴东故人》《黄鹤楼送孟浩然之广陵》《江夏送张丞》《江夏别宋之悌》《江夏送友人》《送二季之江东》《赠张公洲革处士》等诗。年轻的李白涉世尚浅，而诗情勃发，故江夏所作诸篇，笔丰意满，才情斑斓。其中，有拟闺怨相思之辞以炫其才情的，如《江夏行》；有因友人之贬而一掬同情之泪并顾影自怜的，如《江夏别宋之悌》云"平生不下泪，于此泣无穷"，《江夏送友人》云"裴回相顾影，泪下汉江流"，《江夏送张丞》云"送君从此去，回首泣迷津"；又有《赠张公洲革处士》篇，对隐居张公洲（今武昌张家湾、张公堤或即其地）的革处士颇生钦羡的。当然，最为人称道的还是展露其杰出诗才的《黄鹤楼送孟浩然之广陵》："故人西辞黄鹤楼，烟花三月下扬州。孤帆远影碧空尽，唯见长江天际流。"此诗前两句写事，而景在其中；后两句写景，而情韵悠长。诗人登楼极目，远望征帆，直到水天相接处，依然凝情眺望，其情深可知。

李白与武汉的第二段情缘发生在其晚年。天宝十四载（755），安史之乱爆发，唐玄宗幸蜀，肃宗即位，筹措平乱大计。永王李璘受玄宗之命，广积钱粮，又手握雄兵，不无觊觎（jì yú）之意。李白受永王李璘之邀，妄投李璘之幕，以57岁高龄，而遭捕系狱。后幸得友人之子宋若思为其辩说，方免一死，而长流夜郎。武汉处长江中游，系李白赴贬所必经地，故李白得以再一次舟行武汉。值得庆幸的是，李白刚刚到达白帝城（今重庆奉节），朝廷因关中大旱，大赦天下，一纸赦书免除了对李白的处罚。于是，李白又高唱着《早发白帝城》，扁舟东下，一日而至江夏。这段曲折的人生经历，使李白此番游历江夏的心态前后迥然不同。赴贬所途中，他心情悲愤沉郁。如其《与史郎中饮听黄鹤楼上吹笛》云："一为迁客去长沙，西望长安不见家。黄鹤楼中吹玉笛，江城五月落梅花。"凄切之情，溢于言表。《望鹦鹉洲怀祢（mí）衡》云："才高竟何施，寡识冒天刑。至今芳洲上，兰蕙不忍生。"借怀祢衡而自悼，悲怀难抑。《经乱离后天恩流夜郎忆旧游书怀赠江夏韦太守良宰》，则历叙数年间入幕被逮系狱流放的遭遇，让人备感沉痛。而当遇赦放还之后，他又兴高采烈，豪迈自负。如《自汉阳病酒归寄王明府》云："去岁左迁夜郎道，琉璃砚水长枯槁。今年敕放巫山阳，蛟龙笔翰生辉光。圣主还听子虚赋，相如却与论文章。愿扫鹦鹉洲，与君醉百场。啸起白云飞七泽,歌吟渌(lù)水动三湘。莫惜连船沽美酒,千金一掷买春芳。"可谓情见乎辞。当然,李白毕竟是当世谪仙、著名诗人,当地官员即使在李白落魄遭贬之时,依然慕名招饮,故李白亦能聊解遭受流放的郁闷情绪,如《泛沔州城南郎官湖》《寄王汉阳》《醉题王汉阳厅》等,仍颇有超迈自矜之态。此后数年中,李白往来湖、湘、匡、衡,也时有留题,写下了不少展露性情胸襟的好诗。如《江夏赠韦南陵冰》云:"我且为君揰(chuí)碎黄鹤楼,君亦为吾倒却鹦鹉洲。"《江上吟》云:"屈平词赋悬日月,楚王台榭空山丘。兴酣落笔摇五岳,诗成笑傲凌沧洲。功名富贵若长在,汉水亦应西北流。"语虽夸诞,但自是太白本色。

李白以天纵之才,擅长描绘山水。他对武汉山水的描写格外值得珍视。早年的江夏送别诸作,如"孤帆远影碧空尽,唯见长江天际流"(《黄鹤楼送孟浩然之广陵》),"楚水清若空,遥将碧海通"(《江夏别宋之悌》),"云峰出远海,帆影挂清川"(《送二季之江东》),"天清一雁远,海阔孤帆迟"(《送张舍人之江东》)等,描写湛湛江水与片片征帆,都突显了武汉形胜。晚年更驱遣诗笔,浓墨重彩地描写黄鹤楼、鹦鹉洲、郎官湖、汉阳等江城胜迹。正是诗仙的不凡手笔为江城山水增添了丰富的人文底蕴,江城武汉亦因诗仙李白的旷世奇缘而有了不凡的色彩。

江夏别宋之悌

楚水清若空,遥将碧海通。

人分千里外,兴在一杯中。

谷鸟吟晴日，江猿啸晚风。
平生不下泪，于此泣无穷。

早春寄王汉阳

闻道春还未相识，走傍寒梅访消息。
昨夜东风入武阳，陌头杨柳黄金色。
碧水浩浩云茫茫，美人不来空断肠。
预拂青山一片石，与君连日醉壶觞。

流夜郎至江夏，陪长史叔及薛明府宴兴德寺南阁

绀（gàn）殿横江上，青山落镜中。
岸回沙不尽，日映水成空。
天乐流香阁，莲舟飏（yáng）晚风。
恭陪竹林宴，留醉与陶公。

读与思

武汉是座古老而美丽的城市，历代名人墨客留下了不少脍炙人口的名诗佳作。读了本文，试着用自己的话说说唐代大诗人李白与武汉的两段不解情缘。你还在哪些书籍或者影视作品中了解历代名人与武汉的动人故事呢？

汉口竹枝词二首

◎［清］姚 鼐

姚鼐（1732～1815），清代著名学者、文学家，字姬传、梦谷，号惜抱先生，安徽桐城人。乾隆年间进士，曾任山东、湖南乡试考官。参与纂修《四库全书》。

汉口竹枝词　其一

扬州锦绣越州醅①，巨木如山写蜀材。
黄鹤楼头望镫火，夜深江北估船②来。

汉口竹枝词　其二

蜀江水长汉江低，江水东流也向西。
霜后西风江尽落，可怜离别汉阳堤。

注释

①扬州锦绣：指下江来的彩缎。越州醅(pēi)：没过滤的酒，指绍兴酒。越州：古州名，今浙江绍兴。
②估船：商船。估，通"贾"。

译文

扬州地区的锦缎、绍兴未加过滤的酒、产自蜀地的巨大如山的树木都在汉口集散。我登上黄鹤楼顶，眺望荧荧的灯火。夜深时分，有江北的商船驶来。

蜀江水悠悠流淌，水道漫长，而汉江位于低处。江水有时向东流，有时也向西流。在落霜之后，西风吹起，江水都会下落。在这一时节，汉阳堤上的离别场景格外令人伤悲。

读与思

竹枝词原是古代川东鄂北一带流行的与音乐相结合的民歌，自唐代诗人刘禹锡成功地将其移植至文人笔下，竹枝词就为历代文人所喜爱。竹枝词从不同角度反映地方风物、民俗世态、风土人情、生活时尚、民众呼声，以至特定社会事件，《汉口竹枝词》就是描述清代道光年间汉口社会生活的竹枝词佳作。

请你认真读一读这首词，想一想这首词描述了汉口怎样的社会生活风貌。

群文探究

1. 黄鹤楼是武汉的著名景点。一般著名的景点都会有着名人志士的光顾,如果不是这样,那么这个景点就有些名不副实了。读了这么多描写黄鹤楼的诗句,说一说黄鹤楼给你留下了怎样的印象。

2. 你还能搜集到哪些描写武汉著名景点的诗句呢?

第四章　茫茫九派流中国

茫茫九派流中国，沉沉一线穿南北。

　　武汉是中华人民共和国成立后除北京以外毛主席来过次数最多、住过时间最长的城市。毛主席早期的这句诗，尽管没有"万里长江横渡，极目楚天舒"著名，却写尽了大武汉吞吐山河的豪迈气势。武汉是座英雄的城市，留住了伟人的脚步。许多伟人都与武汉有着不解的缘分，对武汉有着深深的喜爱。

　　伟人笔下的武汉，大气磅礴、深邃隽永。或是因为历史文化渊源，或是因为革命人生经历，或是因为伟人亲水爱水，或是因为武汉的中部战略地位，又或是因为武汉地理环境的魅力。无论是哪一种原因，武汉的魅力已镌刻在每一位走过这座城市的伟人心里。

扫码立领
★ 名师朗读
★ 美文微课
★ 城市印象
★ 老城记忆

名家笔下的老武汉

水调歌头·游泳

◎毛泽东

游泳离不开水,武汉因水生趣,因水独厚,是一座美丽的江城。武汉人亲水乐水,每到夏天,不管男女老少,都喜欢游泳。对于武汉人来说,泡在透心凉的江水里,才是真正的夏天!一代伟人毛泽东酷爱游泳,曾数次横渡长江。1956年5月下旬,毛泽东由长沙来到武汉,6月1日至4日,先后3次畅游长江,并写下"一桥飞架南北,天堑变通途"的著名诗篇《水调歌头·游泳》。

水调歌头·游泳

才饮长沙水,又食武昌鱼。

万里长江横渡,极目楚天舒[1]。

不管风吹浪打,胜似闲庭信步,今日得宽馀[2]。

子在川上曰:逝者如斯夫[3]!

风樯[4]动,龟蛇[5]静,起宏图。

一桥飞架南北[6],天堑[7]变通途。

更立西江石壁,截断巫山云雨[8],高峡出平湖。

神女应无恙,当惊世界殊。

注释

①极目楚天舒：极目，放眼远望。武昌一带在春秋战国时属于楚国的范围，所以作者把这一带的天空叫"楚天"。舒，舒展，开阔。

②宽馀（yú）：字从食从余，余本意为"剩下的"，"食"和"余"联合起来表示"用餐后剩下的食物"。指神态舒缓，心情畅快。

③子在川上曰：逝者如斯夫：孔子在河边感叹道："时光像流水一样消逝。"

④风樯（qiáng）：樯，桅杆。风樯，指帆船。

⑤龟蛇：在词中实指龟山、蛇山。

⑥一桥飞架南北：指当时正在修建的武汉长江大桥。

⑦天堑（qiàn）：堑，沟壕。古人把长江视为"天堑"。

⑧巫山云雨：巫山，在四川省巫山县东南。"巫山云雨"，传楚宋玉《高唐赋·序》说，楚怀王在游云梦泽的高唐时曾梦与巫山神女遇，神女自称"旦为朝云，暮为行雨"，这里只是借用这个故事中的字面和人物。

译文

刚喝了长沙的水，又吃着武昌的鱼。我在万里长江中横渡，举目眺望舒展的长空。哪管得风吹浪涌，这一切犹如信步闲庭，今天我终于可以尽情流连。

江面风帆飘荡，龟蛇二山静静伫立，胸中宏图升起。大桥飞跨沟通南北，长江天堑将会畅行无阻。我还要在长江西边竖起大坝，斩断巫山多雨的洪水，让三峡出现平坦的水库。神女（神女峰）如果当时还在，必定会惊愕世界变了模样。

名家笔下的老武汉

读与思

　　《水调歌头·游泳》是毛泽东在1956年三次畅游长江写下的词。全词运用革命的现实主义和革命的浪漫主义相结合的创作方法，把当代的建设和古代的神话、人民无穷的创造力，珠联璧合地串联在一起。

　　试着品析毛泽东的这首词，体会其写作手法，感悟其表达的情感。读完后，试着查阅资料，了解更多毛泽东的诗词，并与同伴一起交流分享。

闻长江大桥成喜赋

◎董必武

董必武（1886~1975），伟大的无产阶级革命家，中国共产党的创始人之一。又名董用威，号壁伍，湖北黄安（今红安县）人。早年参加同盟会和辛亥革命。1920年在武汉建立共产主义小组，次年出席中共第一次全国代表大会。中华人民共和国成立后，历任政务院副总理、最高人民法院院长、中华人民共和国副主席和代理主席、中共十届中央政治局常委。

闻长江大桥①成喜赋

江汉三城隔，相持鼎足然②。
地为形所限，人与货难迁。
利涉资舟楫③，风涛阻往还。
梦思仙杖化④，喜见铁桥悬。
武汉连一气，龟蛇在两边。
滔滔流不尽，荡荡路无偏。
转运增潜力，工程壮大千。
山青深浅杂，云白卷舒妍。
黄鹤楼非旧⑤，晴川阁尚全。
游观当日暮，何物惹愁牵⑥？

名家笔下的老武汉

注释

①长江大桥：是我国长江上第一座公铁路两用桥，于1955年9月动工兴建，1957年10月正式通车。此桥的建成，打通了京广铁路线的交通要道，使大江南北连成一气，成为当时举国欢庆的盛事。

②江汉三城隔，相持鼎足然：这里指汉口、汉阳、武昌三镇相隔，成鼎足之势。

③利涉：意为涉水而不轻进，等待时机顺利过江。

④仙杖化：据《逸史》载，方士罗志光远引唐明皇游月宫，抛一拄杖于空中，拄杖化为长桥。

⑤黄鹤楼非旧：此楼非故楼，实为光绪三十三年（1907）在黄鹤楼原址附近建造的奥略楼。此楼于1955年修建长江大桥时被拆除。

⑥游观当日暮，何物惹愁牵：这里是说游览至日暮，意犹未尽，所见之景均令人兴奋，哪有什么忧愁牵挂呢？

摄影：何小白

读与思

《闻长江大桥成喜赋》是无产阶级革命家董必武于武汉长江大桥建成通车之际写下的诗作。武汉长江大桥是一座规模宏大的铁路公路双层大桥，跨度近1700米。它的全部工程还包括各长300米的汉水铁路桥和公路桥以及十座跨线桥。1957年10月，该桥落成并通车。这是中华人民共和国成立以后社会主义建设的伟大成就之一。本诗通过叙述武汉三镇交通的巨大变化，来抒写长江大桥建成的伟大意义和诗人的喜悦心情。

读了本诗，你一定想更加全面地了解武汉长江大桥，请用你自己喜欢的方式去了解它吧。如果有机会，你一定要来武汉一睹它的风采。

名家笔下的老武汉

《颂武汉》和《咏东湖梅》

◎郭沫若

郭沫若（1892～1978），无产阶级革命家，继鲁迅之后中国文化战线上的又一面光辉旗帜。原名郭开贞，号尚武，笔名郭沫若，四川乐山人。1921年与郁达夫等在日本成立创造社。1926年参加北伐战争，任国民革命军政治部副主任。1927年参加南昌起义，同年加入中国共产党。中华人民共和国成立后，历任政务院副总理兼文化教育委员会主任、中国科学院院长、全国人大常委会副委员长等。

颂武汉①

天堑通衢②我再来，披襟岸帻叹雄哉！
混茫元气连三镇，骀宕东风遍九垓③。
火龙驶过龟蛇舞④，铁鸟飞临凤鹤回。
且喜东湖⑤春早到，红梅万树一齐开。

注释

①本诗作于1959年1月。

②天堑通衢：指中华人民共和国成立后在武汉建成的第一座长江大桥。毛泽东诗词《水调歌头·游泳》中有"一桥飞架南北，天堑变通途"词句。

③骀宕（dài dàng）：使人心情舒畅。垓（gāi）：古代数目名，一垓指一亿。

④火龙：指从长江大桥上驶过的火车。龟蛇：即龟山、蛇山。
⑤东湖：国家重点风景名胜区，位于武汉市武昌区东部。

译文

  我再一次来到武汉长江大桥，看到这雄伟的景象心情舒畅，内心赞叹不已！朦胧的雾气弥漫着武昌、汉口和汉阳三座重镇，愉悦的东风吹拂着祖国的神州大地。火车在龟山和蛇山间飞驰而过，飞机如同天上的仙鸟一般在空中回旋。幸喜这东湖的早春已经到来，千万朵耀眼的红梅不畏严寒、竞相怒放，为东湖的早春平添了许多生气。

咏东湖梅①

东湖昔曾居，至今犹向往。
闻有梅花数十株，其形如狮或如象。
亦有如僧正膜拜，亦有如兔捣玉霜。
神猿仙鹤差可拟，麒麟龙虬纷潜藏。
罗汉醉如泥，老人寿而昌。
孩提戏对梅花鹿②，牛头米鼠亦低昂。
相隔几千里③，空中闻异香。
叹惜盆栽太拘束，花如有识宜潜伤。
当为谋解放，栽遍东湖旁。
栽遍珞珈山④之麓，栽遍留芳岭之阳。
使千株万株齐啸傲，迎接大同世界之春光。

注释

①此诗是郭沫若于1954年1月闻知东湖举办梅花展览会所作。
②梅花鹿：指展览会上展出的一盆造型似鹿的梅花。
③相隔几千里：因诗人作此诗时身在北京，距武汉东湖有千里之遥。
④珞珈山：在今武昌东郊，为武汉大学所在地，距东湖梅园不远。

译文

　　我过去曾经在东湖梅园居住，至今我仍然对那里充满了向往之情。那里种植了几十株梅花，梅花的形状有的如狮子，有的如大象；有的如朝拜的僧人，有的如捣霜的玉兔；也有的像神猿或者仙鹤，有的像麒麟和纷纷潜藏的蛟龙；还有的像烂醉如泥的罗汉，有的像长寿的老人。在我孩提的时候，我曾经对着一棵造型似鹿的梅花玩耍。展览会上有的梅花造型如同牛头和老鼠，有的低着头，有的昂着头。现在，我身在北京，与武汉东湖可谓相隔几千里之遥，但在空中仍能闻到梅花的特殊香味。令人叹息的是，把梅花弄成盆栽，实在太束缚梅花了。如果梅花有意识的话，它肯定会暗自伤心。应当将这些梅花从盆栽中解放出来，将它们栽遍东湖梅园旁边，栽遍珞珈山山麓，栽遍留芳岭以南，让这千万株梅花一起迎风啸傲，共同迎接这大同世界中的一片美好春光。

读与思

　　郭沫若在武汉生活和战斗了长达九个月，度过了难忘的光辉岁月。许是有缘，在那段艰难忙碌的激情岁月里，武汉给郭沫若留下了难忘的回忆："东湖昔曾居，至今犹向往。"郭沫若是无法忘却武汉的。中华人民共和国成立后，郭沫若曾七次重回武汉视察和访问，写下了《颂武汉》《咏东湖梅》等诗篇。你如果有兴趣，可以搜集郭沫若与武汉的那些事儿，更加全面地了解诗人郭沫若。

群文探究

1.许多伟人都与武汉有着不解的情缘,请你制作一份关于伟人们描写武汉的诗词手抄报,并讲给你的爸妈听听吧!

2.你最喜欢哪些描写武汉景色的诗句呢?选出自己喜欢的几首,试着背一背。

我喜欢的诗句

第五章　踏破铁鞋无觅处

踏破铁鞋无觅处，得来全不费工夫。

　　一座城市的历史，一座城市的故事，离不开老建筑，每一幢老建筑都披着岁月的沧桑。世事兴衰都渗透到每一块砖石、每一根梁木、每一颗泥沙里去，将流逝的日子融化其中。穿行其间，你会觉得，老建筑是有灵魂的。

　　树影斑驳的武汉街头，从老租界到吴家花园，有很多大隐于市、中西合璧的老建筑，如同一位老者，默默地注视着城市的悲欢离合，见证着时代的变迁，讲述着主人的故事。

　　建筑是凝固的音乐，更是城市的历史。访问老房子，追寻城市之根。

扫码立领
★ 名师朗读
★ 美文微课
★ 城市印象
★ 老城记忆

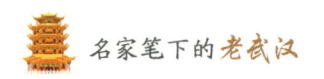

汉口之根
——汉正街

◎ 吕善终

"紧走慢走，三天走不出大汉口"；"紧说慢说，三天也说不完汉正街"。汉口因江而起，因商而兴，汉正街正是这沧桑的见证者。最初的汉正街是一条几百米长的街道。凡冠以"正街"之名的街道，必然是城市的动脉。历经数百年变迁，如今的汉正街俨然一片街区，货到此地活，林立的门面店铺，让人遥想这景象背后的财富激流。今天浮沉于商海的大小老板，不少人心中都有一段关于汉正街的情节。它们纵横蔓延，组成了另外一条汉正街——一条记载了人生每一个或沉重或艰难或传奇脚印的街道，一个梦开始的地方。

长堤街上车流穿梭

探访汉正街，其实该先去长堤街。

查查老汉口的资料，长堤街是汉正街的护卫。一种说法是，有了长堤街抵挡洪水，才有了堤内汉正街的安之若素，并能够使汉正街专心发展出庞大的生意来。

明朝崇祯年间，汉口通判袁火昌主持修筑长堤。长堤西起硚口，东至今江汉区东堤街直至长江边，又称"袁公堤"。到了清同治年间，汉口筑城堡，堤外又有壕沟，袁公堤失去防洪作用，4000米的长堤才逐渐变成街市，称为"长堤街"。

在长堤街这样的繁华后巷，顺着身边疾驰而过的车影望去，激光喷绘、锅底塑形、绫罗布庄、成衣小店、手工作坊、食肆饭堂……各路"英雄"摩肩接踵地拥挤在这条老街上。屋檐高高低低，电线蛛网交错，那是一种随性而起、顺势而为的老街脾性。

贩夫走卒、小本商户、窈窕女郎、青春学子，在长堤街上淘生意、淘宝贝、淘口饭吃，粉香与汗味融汇出烟火气息。当年的汉正街灌溉出了蓬勃纷繁的发财梦，如今长堤街拽了一条梦的尾巴。隐现于这条街上的面孔，多少是身家富足，多少是经营惨淡，谁都不知道，因为三十年河东三十年河西的奇迹，每天都在这片商海浮沉。

像当年的汉正街一样，长堤街如今也铺展出细枝末节，一会儿全新街闪出来，一会儿满春街横过去，细小的分支逐渐编织出结实的都市网络。要梦想，这里有；要生意，这里有；要生活，这里也有。

汉正街繁华五百年

离开长堤街，穿过多福路，才进入了汉正街。

和多福路相比，汉正街的骨骼要细小很多，但多福路上大小商铺，无一不打着汉正街的旗号。"新贵"自然是风光无限，但老客还是认年头、认招牌，这就是汉正街的小商品市场名号流传了这么多年却依然历久弥坚的原因。

回溯汉正街的发展史，历数明清以来500多年由微而巨的过程，它堪称商业史诗。明成化年间，汉水改道而"冲出"汉口，明嘉靖四年设汉口镇；明末清初，汉口跻身"四大名镇"。设汉口镇后半个世纪，汉正街市镇已然成形，清代"康乾盛世"直到同治年间，这里都是商贾云集、车水马龙之地，被称为"江湖连接，无地不通，一舟出门，万里唯意"。

即便在汉口开埠之后，汉正街依然是武汉商业的核心地带。最典型的例子，便是日租界开辟后，日商洋行一度迁往日租界，发展租界经济。但时日稍长，这些洋行便舍不下汉正街里钱袋作响的老板们，又回到江汉路，继续与这个冒险家乐园里的淘金人们做生意。

曾经鼎盛的汉正街，也经历过一段相当长的落寞时光。但1979年9月汉正街小商品市场重新恢复开放之后，当年就有百余人在此经营小商品。3年后，汉正街小商品个体户猛增到400余户。20世纪八九十年代至今，这里是全国最重要的小商品市场之一，同期电视剧《汉正街》正是在这里取景，震动了大江南北。

每条街巷都有故事

在汉正街上数老街，也是一件好玩的事情。

今天的汉正街市场由许多条老街组成。汉正街市场东起三民路、民族路，西到硚口，南临汉口沿河大道，北至中山大道，由汉正街、多福路、大夹街、长堤街、宝庆街等78条街巷组成，几乎每一条街巷都有一个故事。

宝庆街很容易让人联想到湖南的"宝庆帮"，牵出一段当年汉口打码头的岁月。清初，湖南宝庆府的新化、邵阳等地商

人到汉口经商，来往船只均停靠汉水河边，形成专用码头，称为"宝庆码头"，宝庆街也由此得名。宝庆码头只是汉口众多码头的缩影，而宝庆帮的落户也折射出当年汉口群英会的风起云涌。

汉正街曾经还有药王庙，如今已经不存。这段往事折射出当年汉正街的商帮风云。汉正街附近有一条名字很特别的药帮巷，这里曾经住着一群从汉正街竞争中被挤出来的怀庆药农、药商。由于汉正街的号召力太强，药材向这里聚集，这群药商的落脚地最后也变成了药材市场，街巷随之称为"药帮巷"。清康熙年间，为了纪念药王孙思邈，药帮巷上才修建了药王庙。

（根据范宁同名通讯改编）

读与思

汉正街位于武汉市硚口区，是汉口的繁华地带，它的存在为武汉的历史添上了浓墨重彩的一笔。现在汉正街在全国十大市场中名列前茅，过去的汉正街则把握着武汉早期商业的命脉。汉正街自古就有"天下第一街"之美誉。现在在武汉已有了东汉正街、西汉正街。汉正街正在进行改造升级工程，全面建设汉正街国际金融服务中心，开发汉正街购物主题公园项目，建设世界上最高的跨江摩天轮"汉江之眼"等。如果有机会，你一定要来武汉见识见识被称为"天下第一街"的汉正街！

昙华林："武昌之根"的别样风情

◎阿 成

昙华林，在湖北省武昌老城的胭脂山、凤凰山、螃蟹岬和古城墙的环峙之中。生活在这里的人们多是一些普通的百姓。这里处处是老资格的街巷、老资格的民宅、老资格的商铺、老资格的阁楼以及耄耋之态的梧桐。斗转星移，这种不屈不挠的风格竟是那样洁净，那样养眼。所到之处，家家户户依旧保持着种花的风俗，姹紫嫣红，娇嗔媚人。昙华林是不准许车辆通行的，故而十分宁静。难怪有人称这里是"大都市里的世外桃源"。更令我惊异的是，这里不单是凸显一个"老"字，更捉人的竟是那些无处不在的酒吧、咖啡馆和西餐厅。它们或是老民宅的内部改造，或是洋楼的再利用，其门脸儿一律不大，然如此先锋姿态的西式装修、欧式格调的追求与武汉人崇尚的红色相融之后，竟是那样典雅、高贵，似乎早已超然物外，引人遐思。是啊，先前这个地方曾是华洋杂居之地。这西式的一切或者是间断后的接续，这种旧梦的修复与重温，反而天然地造就了一种别样的风情。

昙华林和我的故乡哈尔滨多有相似，同样是华洋杂居之地，亦有几多欧陆风情的建筑。抽空"逃"出来陪我的朱向梅自豪地对我说，昙华林的定位就是"艺术造就文化新区"。她说，自然古朴，置身于艺术的前沿，是昙华林的一个主要特征。有人说，这里是青年人造梦的地方。每年都有很多青年艺术家来到这里实现自己的梦想，到这里来创业。一些电影学院的学生在昙华林拍了许多微电影。北京电影学院的院长为此评价说，这是我看到的最好的微电影，既传统也很现代，太迷人了。的确，徜徉于此，不但让人能感到老武汉的淳美风情，传统与现代的结合也很自然，毫不生硬、别扭、做作，是一种很好的文化享受。

款款地走在这条古风古俗与欧风甚浓的街上，我完全没有想到这里竟会有那么多的咖啡馆和酒吧。是啊，这一个闲适雅致的所在，处处洋溢着浓浓的小资情调。更令我意想不到的是，这些酒吧、咖啡馆、西餐厅，竟是草根们经常光顾的地方。

在一个如同话剧小舞台的巷子里，我看到了一家"水的酒吧"。那几乎就是一个普通人家，小小的庭院里摆放着一些大大小小的花盆，每一盆花虽然看起来简单，但不乏精致。屋子里堂面不大，但是每一个地方、每一个角落都有一个简易的小木桌，天棚上面挂着小瓶子，上面绘着精巧的图画。没有人出来招呼你，似乎这里就是你自己的家，你可以随便坐下来，也可以到阁楼上那个充满了阳光的地方看书。我注意到，这儿的每一家西餐厅或咖啡馆几乎就是半个书店，里面摆满了各种各样的书，非常安静，来的人可以随意选来阅读。

那个"昙花林酒吧"，似乎最能代表这儿的建筑风格了，以红色为主调的小门市纯粹是欧式的。门口有一

个西式的长椅，路人、老者可以坐在那儿享受一下初冬的阳光。我推门进去，发现里面的布局十分简洁，环境很安静、雅致。房顶上同样吊着绘有各种图画的小瓶子，亦种着小巧的鲜花。我坐了下来，要了一杯红茶，呷了一口。我这个远道而来的路人顿生温馨，真是一种绝大的自由与放松。墙壁上贴着各样的彩色纸笺，其中一个写着"大隐隐于市"。啊，这几乎成了昙花林所有咖啡馆与酒吧的一句箴言。

徜徉在昙华林，可见许多艺术的作坊和工艺品的小屋。这就难怪有人称这里是青年人造梦的地方了。在一个卖工艺品的小店里，我看到了青年造梦者制作的各种工艺品，项链、手链、包包、小本子等，都是一帧帧精巧的艺术，而且价格不贵。于是我便选了几样，或者是对艺术的喜爱，或者是对梦工厂的一种敬意吧。出来后，在路边我发现了一个我儿时玩的小玩具"吹泡泡"，便立即买下一个。老人也需要有童心呵。于是，我这个老者在昙华林的街上边走边吹泡泡，把飞扬的童心撒向世界。

有道是："小小昙华林，半部民国史。"昙华林亦称武昌古城之根，为武汉历史的缩影。早在明代这里便是卫所、王府，清代则是衙署、贡院以及佛寺、道观的所在地。据说，清道光十七年（1837），林则徐升任湖广总督在武昌禁鸦片时，也非常重视文教，曾数次莅临昙华林的江汉书院，并亲自出考试题，为"知之者不如好之者，好之者不如乐之者"。这令我沉思良久，庶几可为我此番武汉行之心境，之思索，之感慨也。如此看来，林大人也有庶民的情怀、草根的感受啊。之后，曾国藩为武昌贡院重修牌楼题写了"惟楚有材"赞语，以此勉励后学。1898年，湖广总督张之洞在昙华林创办湖北工艺学堂。那座位于昙华林的东路高等小学堂就是张之洞在督鄂期间开办的,而地质学家李四光在1902年报考的就是东路高等小学堂。据说,当时因他误将年龄"十四"写在姓名栏,遂改名李四光。

青年时代,我曾读过郭沫若先生写的《洪波曲——抗日战争回忆录·昙花林》,但岁月模糊了我的记忆,没想到郭沫若先生在抗日战争爆发后,就在武昌的昙华林出任国民政府军事委员会政治部第三厅厅长。虽然第三厅隶属国民党政府,但实际上却是由中共长江局和周恩来直接领导。郭沫若先生与周公一道组织和团结进步文化人士,从事抗日救亡运动,等等。诸多阅读上的记忆纷至沓来,让身置昙华林的我又惶惑,又激动,似乎郭公正迎面走来,去踏察"昙花林"佛教建筑的遗存。

那么,"昙华林"之称是怎样来的呢?郭沫若在《洪波曲——抗日战争回忆录·昙花林》中回忆说:"昙花林在武昌城内的西北隅,在文华大学的对面。地方很宽大,房屋很多,但建筑都很旧,涂上的红油漆都已经快泛黑了。照名称看来,在前大约是什么佛教的建筑吧?这一段古迹我却没有工夫考察过。"严昌洪先生说,郭沫若到底是知识渊博的大学者,仅从"昙花林"名称就联想到与佛教有关。

是啊,清代以来,昙华林一带不仅有花园,还有不少种花、卖花的人家,是居民游览赏花的好去处。今之亦是也。

名家笔下的老武汉

读与思

　　昙华林，各流派建筑汇集于此，中西文化交汇。阅读本文，我们一路追随作者的目光欣赏风雨不变的百年古街，不同风格的建筑令人叹为观止。倘若你在一个有着温柔阳光的午后，逛逛昙华林各式各样的小店，看看墙上的明信片，抑或是去游览赏花，那定别有一番风味。

第五章 踏破铁鞋无觅处

开在喧闹都市里的怀旧之花
——吴家花园

◎高尚艳

在南京路一排隐蔽的老房子中，有一处深宅大院——吴家花园。

这座老宅是20世纪军阀吴佩孚的官邸，当年其担任十四省讨贼联军总司令时，修建此楼，不过真正居留于此也不过两三年光景。1926年，吴佩孚在武汉遭遇"滑铁卢"而逃回北方，南京路的吴佩孚公馆作为敌产被没收。在此后近80年的漫漫岁月里，公馆的主人屡经变换。这房子先为一意大利传教士所有，然后又赠予教会。中华人民共和国成立后，政府将它变成几位老革命的"红军院"，"文革"后这座老宅更是住进了"七十二家房客"。近年落实政策，老宅重归教会，并对外租赁。

初夏的一个上午我来到这里，推开那扇吱吱呀呀的老门，惊艳不断，迎面便是一栋坐北朝南的俄罗斯建筑风格的老别墅，东西两厢房呈多边形，采光绝好，立面对称排列着欧陆风格的罗马立柱，外墙用细小而晶莹的瓜米石铺就，房基则采用了整块的花岗岩，岩上则密麻地爬满了绿色爬山虎。平实稳健的建筑风格，如同敦厚细腻的新主人。

小庭院的中心有一小池，虽然是混浊的池水，但满池的锦鲤依然游弋得怡然自得。小池的上面是一通向前厅的木质浮桥，桥边一棵老椿树上挂着两块木质招牌，上书"吴家花园"，下书"南京路124号"。

信步沿着木桥进入大厅，立刻有种时空错乱的感觉，一股宁静安详的氛围扑面而来，不自觉脚步就轻了很多，声音就小了很多。四处飘散的檀木香和轻缓的音乐缭绕着你的嗅觉与听觉。房间依旧还保留着当年的摆设：书房的桌上放着文房四宝，几张闲置的太师椅，每间厢房间隔着各式图案的屏风，服务台前方的廊柱上是孤单等待的古老手摇式电话。这诸多元素汇聚在一起，多而不乱，内在的联系使得它们相映成趣。

来到厢房，风吹时在窗口轻摆的绿纱帘，让屋外的树荫、草地、池塘若隐若现。如此幽静的房间让人遐想无边，生恐有一时兴起穿透力超强的声音惊扰沉睡的空灵。

选择了屋外旋转楼梯上的露台茶座坐下，泡上一壶云南糯米香茶，靠在藤椅上悠闲地读书，我想这是在这里可以找到的最惬意的时光。

悠悠的风扇、淡淡的茶香、偶尔车轮摩擦地面的声音、对街竹躺椅上老头起身吱呀呀的声音……整个一幅活色生香图，它的气质和魅力很难用简单的言语来描述。有人会困惑于它的沉寂严谨，也有人欣喜于它的繁简包容。它虽然身处繁华，但不事张扬的外表被湮没在市井的喧闹里，你只有深入它，才会发现它与众不同的美丽，从而让你在闲暇，在夜晚，不断流连在这个外表陈旧但气宇不凡的旧宅子——吴家花园，静下心来，梳理情绪，重新出发。

第五章　踏破铁鞋无觅处

读与思

"山列画屏迎瑞气，水环磐带集祥光"，这就是汉阴古居之吴家花园。昔日是吴佩孚私邸，如今辟为茶室。环境清幽雅致、古色古香，庭院墙壁上爬满绿色植被，小桥、池塘、天井也别有一番情趣。

在近代武汉，有许多巨贾名流建有公馆别墅，吴家花园代表了一段漫长而又沉甸甸的历史。试着把你所了解的吴家花园讲给你身边的人听听。

群文探究

1. 武汉历史悠久，穿梭于武汉三镇的街头，你一定会被一座座历史建筑的独特魅力吸引。你最喜欢的武汉古建筑是什么呢？它有着怎样的故事？和你的同伴说一说吧！

古建筑名称：

故事：

2.试着将你收集到的具有独特风格的武汉建筑图片做成一本影集吧！

第六章　长江绕郭知鱼美

长江绕郭知鱼美，好竹连山觉笋香。

　　家乡美食，人人爱之。它不仅是一种味觉上的满足感，更是一种情怀，未食而乡情浓浓，食之则香气喷喷。大街上随处可见热腾腾的热干面、软糯可口的烧梅、香气扑鼻的排骨藕汤……武汉美食如武汉性格——有容乃大、兼收并蓄。地理环境、气候、人文历史等多重因素造就了"汉味"小吃。

　　武汉人好吃，武汉美食好吃。武汉的美好等待着你来发现。

扫码立领
★ 名师朗读
★ 美文微课
★ 城市印象
★ 老城记忆

武汉的过年

◎池 莉

好久好久以前,鲁迅在他的小说《祝福》开头写道:"旧历的年底毕竟最像年底。"真的经典。说话间近百年过去了,斗转星移,沧桑巨变,现在我们的年底,满目都是圣诞节华彩,新年焰火满世界绽放光辉。然而,在武汉,在武汉三镇的大街小巷,在民间深处,在大自然玄妙无声的节气转换里,却还是鲁迅那句话——旧历的年底才是真正的年底。武汉年底的过年才是中国的过年,也就是我们的春节。

武汉的过年,是从冬至这一天开始的,总是从冬至这一天,徐徐,徐徐,徐徐地拉开帷幕。千家万户老百姓是不会忽略掉

第六章　长江绕郭知鱼美

冬至日的。通常这一天都有好太阳。当太阳在城市上空升起来以后，就有勤快人率先挂出腊肉腊鱼来了。腌制得红彤彤的腊肉腊鱼，新鲜挂出来，在太阳底下色泽红润，富有弹性，是这样有感染力，只看一眼，那大吃大喝过大年的欲望，就已在我们心中蠢蠢欲动起来。转眼间，大江南北，三镇内外，凡有人居的地方，便布满了腊肉腊鱼。就算冬至这一天没有晒腊肉腊鱼的，也必定被惊醒，大约总是要赶紧挤点时间，去买一些大鱼大肉腌制。一年不曾动用的大沙缸、大瓦盆、大煨汤铫子，都一一地找寻了出来。主妇们脱掉棉衣，高高撸起毛衣袖子；食盐和花椒，被成把成把地抓，十分大气和潇洒。大鱼大肉，一条条，码足了盐，紧紧实实地压在一起。七八天以后，咱家也有腌制得红彤彤的腊肉腊鱼，挂晒出来了，咱家还是赶上了腊月的太阳、腊月的风。在武汉，腊月的太阳、腊月的风，就是金贵，就是好得没法说，就是熏香，晒什么香透什么，风干什么香透什么。武汉的腊月有很神奇的魔力，就是要你辜负不得它。

武汉冬至一过，水寒了，江冷了，鱼虾肌肉结实了；岸草黄透了，枫叶红遍了，芦苇樱子白得镀银了；在秋季盛开的桂花，把那最后一缕甜腻香氛，结成籽了；而无数棵香樟，纷纷落旧叶吐新芽，散发出一股股樟木香；蜡梅开始现蕾打苞——有多少馨香，在冬至以后，就会焕发多少孤傲冷香。武汉这座城香了，无数人家的腊肉腊鱼和雪里蕻萝卜干香了。武汉旧历的年底，为新春的缓缓揭幕，竟是这么郑重，这么丰硕。我走遍了全国大多数省会城市，并不是每个城市的冬至都拥有这份郑重和丰硕。这是大自然赐予武汉的神迹：正是这个时节，经由西伯利亚一路穿越的北风，到达武汉；另一股从唐古拉山贯穿而下的冰雪江风，也到达了武汉。因此，阳光由于空气冷冽，变得格外清澈明丽；花草树木、河流土地以及万事万物，承恩沐浴，发生着妙不可言的变化。好年景里，冬至后几天就会下雪，是那种铺天盖地的松松软软的大雪，但武汉的雪也不过于缠绵淋漓，两三天就大雪初霁，太阳一出，金晃晃的，干爽爽的。于是，腊肉腊鱼就又平添一种冷冽的磅礴大气，异香入骨。这时候的腊鱼腊肉，上笼只需蒸个十分钟，拿手撕一小块，细细咀嚼，人就香得要晕倒。

过年进入前奏是从吃腊货开始的，性急的武汉人迫不及待开吃了。腊肉腊鱼双烧、合蒸、腊肉炒菜薹、腊肉炒泥蒿、腊肉炒香干、腊肉焖莲藕、腊肉烧鸭、腊肉莲藕焖财鱼、腊肉炖芋头等，凡此种种，皆以独特的腊味，无比馥郁和浓烈，弥漫整个城市，高楼大厦连广宇也丝毫挡不住，一时间馋到了多少外地客，又勾起多少外地游子心里的乡愁。乡愁何尝不就是一种味道呢？

乡愁正是味道，乡愁是过年的味道。武汉正是一个特别讲味道的城市。

逼近年关，天气愈发寒冷起来，零下五六度到零下十几度是常有的。每年腊月间的三九、四九，总该有几天，冰碴子踩得咯吱响，腮帮子冻得发红。人们穿上了羽绒服和皮草，而超短裙和长筒靴——美丽冻人——是年轻女孩子的性命，冷死也要穿的。蜡梅偏是要迎雪怒放的，清新脱俗的花香却也渗透进腊月大红大绿、大喧大闹的大吃大喝里头。于是，武汉的腊月便香得与众不同、不可名状。唯有在这个城市沉下来，踏踏实实生活多年，你才可能得此妙趣，明白一二。

人们一边吃着腊肉腊鱼，一边就着手准备更为波澜壮阔的年货。年货个个都开始制作：绿豆豆豉、年糕糍粑、糯米汤圆、桂花米酒，齐上阵；炒坊开了，锅灶日夜不休；当年收的新鲜花生、板栗、瓜子、黄豆、蚕豆、炒米，纷纷登场；油锅开了，麻糖、馓子、虾片，现做现吃。走在大街上，冷不防会踩碎一粒蹦出炒锅的花生，花生的香便从脚底下往上猛一阵地窜。

过年的节奏开始加快，每隔几天就是一个好日子——腊八节、小年、腊月二十八——家家都会发，这里的"发"，指的是自家总要油炸一点肉丸子、鱼块之类的，是为大年三十的团年饭备好的半成品的菜，也是为讨彩头，要吉利。再是时代不同了，再是遍地餐馆，再是超市供应大量半成品，再怎么说出去吃饭方便，真正的武汉人还是要自己准备各式各样的腊货、菜蔬、肉丸、鱼糕，家里总是兴个堆满，厨房总是兴个丰盛，糖果、瓜子、花生、水果总是要客堂迎头摆出来，不去想的，吃不吃得完，吃不完就余着，过年就是兴个"年年有余"。大年三十到了，除夕夜到了，合家欢聚，互相祝福，酒瓶打开，酒杯斟满，会不会喝酒是其次，人生有些时刻，形式是必须的。夜深了，零点到了，鞭炮点燃——当然近年开始彻底禁鞭了，为清洁的空气，不过有鞭无鞭都是过年。满城的人家，都在为这辞旧迎新的一刻齐齐地鼓舞欢庆，齐齐地换上新装。新簇簇的衣装显得有点傻乎乎；人人都有笑容，也显得有点傻乎乎。这点傻乎乎好生可爱，只因这一天是中国人民最好脾气的一天。只为这一天，旧历的年底，才是真正的年底。

年一过，春一开，风温软起来，太阳火辣辣起来，身体也燥热起来。剩余的过年菜立刻就变得很难吃掉，气味不对了，馊得快。某一天，高高的苍穹，忽然传来隆隆雷声，不久春雨沙沙，瞬间桃红柳绿，武汉又是一番新天地了。

名家笔下的**老武汉**

读与思

百节年为首,春节是中华民族最隆重的传统佳节。春节期间的庆贺活动,形式丰富多彩,带有浓厚的地域特色,蕴含着中华民族传统文化的精华。人们常说现在的年味越来越淡了,而作者笔下的过年热闹非凡,年味十足,吃腊鱼腊肉、准备年货、斟满酒杯、燃放鞭炮、穿新装……你的家乡过年有什么传统呢?像作者一样把这些习俗写下来吧!

假如你没有吃过菜薹

◎池 莉

假如你没有吃过菜薹（tái），无论你是谁，无论享有多么世界性的美食家称号，无论多少网友粉丝拥戴你为超级吃货，我都有一个好心的建议：先，赶紧，设法，吃吃菜薹。

武汉有一种蔬菜，名叫菜薹。如果需要摆明菜薹的正宗血统，就叫它洪山菜薹。洪山是武汉市的一个区，在长江以南。武汉人一般懒得把行政区划说得那么清楚，凡长江以南，就说武昌；凡长江以北，就说汉口。汉口人家卖菜薹，只要说是武昌过来的就行了，价格就可以很坦然地高于汉口与汉阳的菜薹。行家一般也不会买错，菜薹的品相绝对不一样。肤色深紫且油亮的，薹芯致密且碧绿的，个头健壮且脆嫩的，香味浓郁且持久的，自然就是武昌过来的。武昌土壤呈弱酸性，是黑色沙瓤土；汉口土壤呈弱碱性，多为黄色黏性土。最适合菜薹生长的是前者。当然作为蔬菜，相对还是有普适性的，武汉三镇、大江南北，延及整个江汉平原，也都有菜薹生长，也都还挺好吃，也都深受广大人民喜爱。

有趣的是，所有菜薹中就数洪山菜薹最好吃。

明显最好吃，入口便知晓。洪山菜薹就像一武林高手，身手一亮，你只需看它一眼，立见分晓。洪山菜薹在芸芸菜薹中就是出类拔萃，卓尔不凡，鹤立鸡群。而且洪山菜薹就像所有大人物、大明星一样，只要身居某个阶层高位，就会有种种神奇传说围绕你。洪山菜薹的传说太多了。除了当代商业编造了许多矫揉造作、文理不通的广告性故事之外，民间大众流传最为久远的版本，恐怕就是所谓"钟声塔影"，说的是洪山宝通寺塔影之中的那块土地与延及本寺庙钟声可闻的那片土地，出产的才是最好吃的菜薹。这个传说之所以流传千百年，我想还是有一定的合理性的。只因菜薹的确是顶爱干净的蔬菜，寺庙乃俗世最洁净的净土，菜薹在寺庙的庇护下，远离尘嚣与践踏，自然生得最好了。

说菜薹是顶爱干净的蔬菜，还是谦虚的，菜薹简直是洁身自好到了毅然决然地与众不同，也是孤标傲世到了绝不苟同于其他蔬菜。一般蔬菜都会选择气候温暖的季节，而菜薹偏偏选择最寒冷的季节。纵是千娇百媚的蔬菜，倒一副傲雪凌霜的风姿。它也偏偏不是叶子作菜，它的菜是那段质感最佳、营养含量最高的茎。于是，作为蔬菜，菜薹就有效避免了其他叶类蔬菜的单薄、粗纤维太多、草酸含量偏高的缺陷。菜薹却也并不因此走茎块路线，把自己埋在地下泥土里，而是酷爱阳光、寒风和雪霜。寒露

是万物凋零萎谢之始，却是菜薹拔节生长之时。不要搞错，菜薹不像那些油菜一类，抽薹主要为结籽。菜薹的薹，主要为食用。如果冬至有幸落一场大雪，你就会看到那比脸盆大一圈的菜薹，菜心的胸怀无比宽阔，怀抱大捧唰唰冒头的菜薹。翌日雪霁，那些昨夜冒头的一根根菜薹已经茁壮挺立，茎粗壮，色嫩紫，冠顶是鹅黄色簇状小花，五六根就是一盘菜。而且，这不，今天刚采摘过的，明天又会蓬勃冒出新一茬，越是雪大，越是喜人，越是孤独，越是丰沛。

"菜薹伤刀，亲人"，说的是它不喜金属，喜人手料理，就是有这点撒娇的小任性。菜薹又是典型的时鲜，随采随吃最妙。它冷藏花容失色，冰冻即坏，隔天就老。它是如此敏感与高冷，如此宁为玉碎不为瓦全，却也是主观为自己，客观为他人。人生苦短，须及时吃喝，也是一首无字的《金缕衣》，提醒的还是"劝君莫惜金缕衣，劝君惜取少年时。花开堪折直须折，莫待无花空折枝"。

这就是菜薹，你不踏雪采摘，你不亲手料理，你不尽快品尝，你就"取不到真经"。唯有你不辜负它，它才不辜负你。虽

说菜薹老了也能吃，味道却已是天壤之别了。当然，菜薹自然也有平易近人、通俗易懂之处，它冰清玉洁，纤尘不染，十分方便料理，只需要掐成几段，过过清水，放进锅里，翻炒几下，顿时就香气四溢，荤素凉拌，般般相宜。菜薹炒腊肉这道菜肴之所以经典，那是因为有了菜薹而使腊肉更香，而不像许多蔬菜，靠肉长香。别忘了菜薹的菜汁，得把它浇在刚出笼的滚热的白米饭上，那龙胆紫的颜色、紫水晶的光泽，美味指数无法衡量，只好用最时髦的养生热词：满满都是花青素啊！武汉人对于蔬菜，只有一个最高评价标准——甜津了！菜薹当真就是甜津了！熟吃生吃都甜津！

这般好蔬菜，现在却是世人难见真佛面了。餐馆饭店全都是物流配送大棚菜了。现在是"商人不解煮，富人不解吃"了。更有懒人、宅人，冰天雪地时便足不出户，只是愿意叫外卖。外卖菜肴是怎么炮制出来的就不细说了，相信谁拍拍脑袋都会明白什么叫作以最低成本博最高利润。谢天谢地，我是至今都没有放弃这一口福气的。冬季到了，再忙再冷，我也要千方百计挤时间跑菜场，精心选择采买。回到家里，即刻动手炒菜，转眼间一盘油光水滑的鲜嫩菜薹端上桌，看着就养眼。半辈子，无数次，面对菜薹，我就变成了一个神秘主义者。每当吃到最好的菜薹，我都会心生敬畏，总觉得这种菜是一个不可言喻的神迹。我对菜薹是情有独钟不离不弃到即便它们老了也要养着，花瓶伺候，权当插花。它会为我盛开半个月，我左看右看都觉得别致。看花时，总不免心生感慨：菜薹噢菜薹，你是我对武汉最深的眷恋。

读与思

在武汉人看来，菜薹"熟吃生吃都甜津""荤素凉拌，般般相宜"，作者更是对它情有独钟，甚至拿来插花。据古史记载："武昌特产红菜薹，在唐代时已是名菜。"相传苏东坡游武汉，曾慕名特意品尝菜薹；又有慈禧太后视之为"金殿玉菜"。在作者的笔下，菜薹不仅仅是一种可口的菜肴，更承载着她对武汉深深的眷恋。在你的记忆中也一定有这样一道难以忘却的菜肴，与你的伙伴说一说吧！

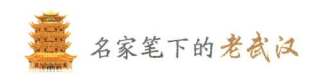

过早歌

《过早歌》，描述的是武汉"过早文化"，展示了全国知名的以汉味小吃闻名的天下第一巷——户部巷的繁荣景象。由日本音乐家马饲野康二作曲，陈星宇作词。

户部巷位于武昌自由路，是一条长150米的百年老巷，其繁华的早点摊群二十几年经久不衰。清朝时，这条百米小巷曾因毗邻藩台衙门而得名。武汉人将用早点称为"过早"。这最初来自清代的一首《汉口竹枝词》。后在别的城市被敷衍甚至被忽略的早餐，被武汉人隆重地提升到"过年"般"过"的位置。以"小吃"闻名的户部巷，就是武汉最有名的"早点一条巷"。

户部巷小吃已经成为汉味早点的代名词，现有"早尝户部巷，夜吃吉庆街"之说。户部巷作为地名，历史相当悠久，在明嘉靖年间的《湖广图经志》里有一幅地图，上面清楚地标注着这条狭窄的小巷。由此看来，这条小巷至少有400多年的历史了。历史上的户部巷知名度很高，巷子虽小，名气却很响亮。此巷因东临负责管理户籍钱粮、民事财政的藩署（直属京城的户部）而得名。此巷古往今来，因地理原因（紧靠码头），舟车络绎，人气鼎沸。小巷人家勤劳巧作，使小巷汇江汉五粮、天下干鲜精烹细调，以鲜、香、快、热之汉味小吃惠及熙攘人群，声名鹊起，经久不衰。

户部巷作为"汉味小吃第一巷"这个品牌，已经有好多个年头了。2002年，武昌区政府决定实施"早点、健康、就业、防盗、互助"五大亲民工程，就选定了这条仅147米长，当时只有3米宽，就拥有12户小吃经营户的巷子作为"汉味早点一条街"打造试点。由政府投资对原来破旧的小巷依户部巷明清古朴形制修葺，化古老于新韵，楚风蔚然，特色溢彰，声名远播；加上政府的关注、媒体舆论的引导和广大经营户的努力，历经三次阶段性改造，户部巷目前已经成为全国闻名的具有汉味小吃特色的品牌。

户部巷目前每天的接待流量为1万人左右，周末时可达2.5万人，黄金周和大型节日每天可接待3万人以上，如北京奥运火炬传递的当天，户部巷一天就接待了近4万人。

户部巷已经成为"汉味小吃"的代名词，成为汉味小吃的领军品牌；户部巷的经营模式和管理模式已经成为饮食行业（特别是小吃行业）的"教科书"，形成了一张靓丽的武汉新名片。

过早歌

晨光铺满　长江

黄鹤鸣钟　三镇上回荡

码头千帆　欢唱

蛇山之下　百年户部巷熙熙攘攘

一日三餐里　那早点最重要

老人家常讲 那早上要吃好
天下美食客 南北好吃佬
都来这条巷子 过早
来一捞 热干面
芝麻酱 拌着麻油 黑黑发亮
加一盘 三鲜豆皮
金甲衣 四四方方 微醺酥香
已饱有八分 要不再来点
油饺和面窝 一样吃一个
什锦豆腐脑 还是糊汤粉 选一碗
干稀搭配 才最好

路上行人 匆忙
大街小巷 一个模样
左手报纸拿着 每天看的
右手拎着 一份过早
百米长巷里 那热气腾腾冒
精烹五谷粮 那鲜香快又好
天下美食客 南北好吃佬
都来这条巷子 过早
来一捞 热干面
芝麻酱 拌着麻油 黑黑发亮
加一盘 三鲜豆皮
金甲衣 四四方方 微醺酥香
已饱有八分 要不再来点

油饺和面窝 一样吃一个
什锦豆腐脑 还是糊汤粉 选一碗
干稀搭配 才最好

读与思

　　吃早饭对于我们而言稀松平常，而在武汉却逐渐形成了一种文化。对于武汉人来说，美好的一天必定是从一顿丰富的早餐开始的。在武汉，早餐一个月不重样绝对是谦虚的说法。老通城的豆皮、蔡林记的热干面、谈炎记的水饺、五芳斋的麻蓉汤圆、福庆和的牛肉米粉……各式各样的早点数不胜数。听了《过早歌》，你是不是已经对武汉的早点垂涎三尺？你对武汉的哪些早点感兴趣呢？赶快与大家分享一下吧！

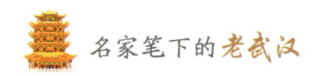

舌尖上的武汉之烧梅

◎董宏猷

"小吃"一词见于宋代吴曾的《能改斋漫录》:"世俗例,以早晨小吃为点心。"武汉的小吃之所以丰富多彩,在于武汉人有在街头巷尾"过早"的世俗,不像上海人,爱在家里吃泡饭。宋代吴自牧在其《梦梁录》中也曾描写过早晨经营小吃之盛况:"每日交四更,诸山寺观已鸣钟,御街铺店闻钟而起,卖早市点心。"由此可见,品味小吃之佳期,当然以早晨为最。其时夜色将褪,街灯尚明,人影憧憧,市声初浮。而以热腾腾的亲切温暖着你的,自然是熟食店摊的各色小吃,可谓蒸气与香味齐飞,炉火共朝霞一色。其时品味的不仅仅是小吃,还有与小吃融为一体的民俗风情。

这些年来,我没有为过早而早起床,唯一的一次却是为了吃烧梅。

武汉的烧梅,最著名的当为汉口花楼街顺香居所出。顺香居创建于1940年,其重油烧梅为糯米肉馅,拌以皮冻、虾、蛋、葱花、味精、胡椒等配料,皮薄馅鲜,绵软融润,煞是好吃。我曾多次拜访,但更多的是于街头的随意中一见烧梅就双眼发亮,定要来一二两品尝。我老家附近的延寿巷口,有一小店的烧梅颇佳,每当出差归来,我的第一件大事便是去小店吃烧梅。坐在油腻腻的方桌前,听食客与厨娘打情骂俏,有一种旧友重逢的亲切感。友谊路的铁桥畔,有一熟食摊,也卖烧梅。偶尔遇之,遂有

情焉。我常常于清晨上班之际，绕弯路专睹其芳容。后我搬家至市郊，虽少市嚣之声，然而遗憾的便是离烧梅远了。

六渡桥的福庆居，向以糊米酒闻名，其烧梅亦不错。后闻其推出小吃甚多，欣然前往，却失望于其小吃"小"得孤独，"小"得可怜。便向往从前一盘烧梅一碗糊米酒，甜咸备至，其乐融融。花楼街一烧梅铺，靠近民生路前轮船码头，生意也不错。从前我家住长堤街，上班却在花桥，得穿越三个城区。花楼街是每天必经之路，我便早早于烧梅铺中报到。老通城酒楼以"豆皮大王"驰名中外，其早点中亦有烧梅，然而须赶早。记得我在市二医院住院时，馋虫渐出，曾早起赶到老通城，却没吃到烧梅。原来其烧梅不多，早上6时半前便卖完。曾叹喟曰："鸡鸣洞庭月，人迹鄱阳霜，赶到老通城，烧梅全卖光。"洞庭、鄱阳，皆必经之街名也。

随着城市建设的发展，汉口唐家墩、三眼桥、西马路一带新区渐多，烧梅亦有人经营。我曾一一拜访，却恨其弄虚作假，肉馅掺有碎米，嚼之如同嚼沙，玷污了烧梅之美名。我曾多次抗议，未见改观。烧梅如有性灵，亦知我之情也，非仅馋其味美，实爱其所代表的家乡文化也。

是不是喜欢吃烧梅的人越来越多了呢？如今，专营烧梅的小店倒是越来越多的。最有名的是汉口车站路口的范记烧梅。带我前去的是武汉的评书表演艺术家何祚欢先生。何先生也是一个"烧梅迷"，按照现在流行的说法，是"烧梅粉丝"。有一次在市里开会，我和何祚欢先生恰恰坐在一起。中场休息时，我俩便在纸上绘制武汉的"烧梅地图"。何先生画道，江岸区二中的附近，有一家烧梅铺子，不错。我接着画，六中附近也有一家烧梅铺，也不错。于是，文化俱乐部斜对面的烧梅铺、澳门路上的烧梅铺，都被我们一一标出。

何先生最推崇的，是车站路口的范记烧梅。他专程约我，打的前往。那是星期天的早晨，小小的烧梅铺门前已经排起了长队。我已经好多年没有为武汉的小吃而排队了，这一天倒是第一次。排队的顾客中，不少人认出了何祚欢，纷纷表示让他先买。何先生笑着谦让，硬是排了半天，一人要了三两，又要了一斤速冻的。然后，我们挤进小店，看八十高龄的范先生带着自己的儿孙辈，水流星般地做烧梅。何先生说，范老先生原来是老通城著名的烧梅师傅，他的烧梅倒是武汉烧梅的真传。

热腾腾的烧梅来了，好大的烧梅，形状果然像盛开的梅花，皮薄，馅鲜，一个个直往口里跑。我已经好多年没有吃到这么好的烧梅了。何先生笑着说："这烧梅才贵来，三两烧梅，打的花了30多块钱，算起来，10块钱一两啊！"我一边狼吞虎咽，一边说:"值得!值得!"然后大喊:"范师傅,再来二两!"

这些年过去了,我们家要是来客人,总是要女儿绕道去车站路买烧梅待客。

> **读与思**
>
> 每个人都有一个舌尖上的故乡,每一个武汉人都有一个舌尖上的武汉。无论哪一个武汉人走到世界的任何一个角落,最恋恋不舍、挥之不去的味道中一定有烧梅。"烧梅"就是武汉舌尖上的文化密码,让武汉变得活色生香、有滋有味。
>
> 武汉有属于武汉本土的特色小吃,我想你的家乡也有属于自己的舌尖美食,请你为你家乡的小吃代言,给我们介绍介绍吧!

群文探究

1.武汉是汉族传统饮食文明的重镇,兼具南北风格。你喜欢的地方美食有哪些呢?能说说它有哪些特点吗?

我喜欢的地方美食:

特点:

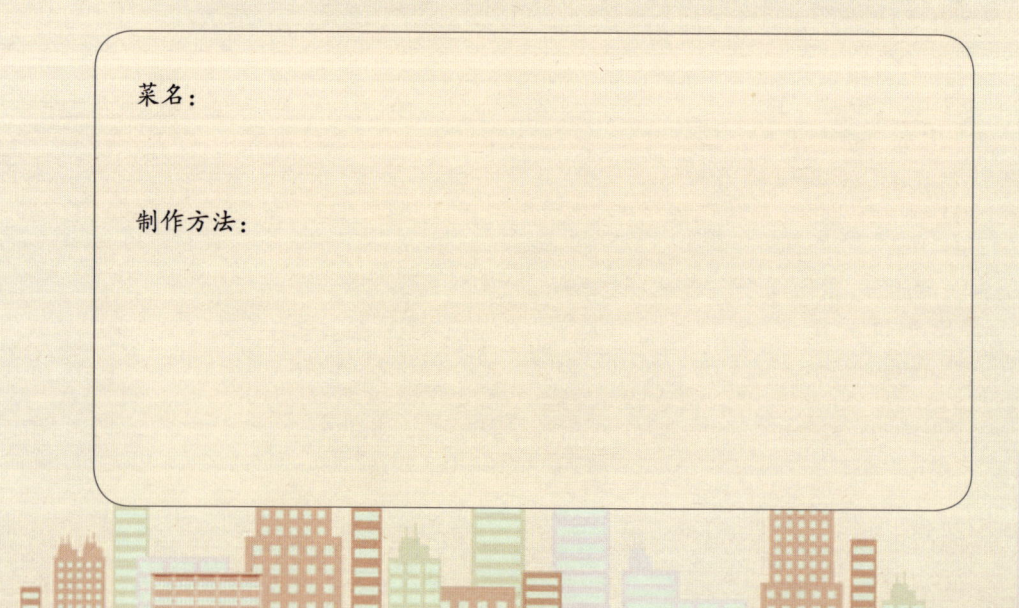

2.试着做一两道地方菜吧!并且与家人分享。

菜名:

制作方法:

第七章　忙趁东风放纸鸢

最喜小儿亡赖，溪头卧剥莲蓬。

儿时的回忆如果只存在于脑海之中，或许随着时间的流逝，我们终会将它忘却。倘若我们把回忆写成诗，编成歌，以艺术的形式承载我们的过去，会是怎样呢？这就有了童谣。

老一辈武汉人的小时候充满童趣童真。武汉童谣，是老武汉人童年的文化启蒙和诗歌启蒙，蕴含着喜剧元素和教化功能。地道的武汉童谣还记录着老武汉的市井生活气息。

扫码立领
★ 名师朗读
★ 美文微课
★ 城市印象
★ 老城记忆

儿时游戏

◎ 何祚欢

几年前到公园晨练时见到一群老人抖空竹，一下子引起我许多回忆、许多感慨。

抖空竹是杂技节目之一。那个形如举重用的杠铃，能抖出"嗡嗡"的哨声和各种花式的道具就叫"空竹"，而我们小时候却把它叫作"洋陀螺"。

"洋陀螺"的得名是因为有"土陀螺"在先。"土陀螺"原本叫陀螺，是几十年前极流行、极便宜且极简单的儿童玩具。一个车出来的木头疙瘩，上大下尖，尖的那一头钉上油靴钉，只要一杆鞭子往腰上一缠一拉，陀螺就会在地上打转转，然后一鞭一鞭地抽着，陀螺就不停地转。那空竹被武汉伢叫作"洋陀螺"，大约就因为一"土"一"洋"都会转吧。陀螺的好玩，不仅在于抽得好、转得长，还在于可以比赛。男孩子们的"擂陀螺"，就是一种两个陀螺对撞，以撞"死"对方为胜的游戏，常常可以玩出惊心动魄的效果来。

我们这一代人的儿时游戏，像陀螺这样又便宜又简单的玩具都不多，更多的玩具来自大人的废弃物、家用物的边角余料，还有些是什么道具都不要的游戏。

那时的小学门口摆了不少零食摊，摊上除了零食还有些玩具，像毽子、万花筒这些，就是最常见的。但多数孩子是不买毽子玩的，不愿花钱是次要的，主要因为买的毽子毛次、分量轻，不好打。自己做的毽子可以根据玩者的需要"定向生产"。女孩学踢毽子时用两张废纸包两个铜钱，系好之后把钱上边的部分剪成四边翻花的纸条条，就可以踢了。好一点的用布做，同样是一包一系一剪，踢起来像踢一朵大菊花。但这都是踢的技术不行的孩子才玩的。那些一踢几十个"剪"（一种跳着踢的姿势）的高手，要玩就玩自己做的"鸡毛毽兜"：在一段一指宽的布条正中剪一个正方形小口，然后对准铜钱的方孔叠放三枚铜钱，将布条的两个头儿穿过钱和布条的方孔拉紧，再把上好的公鸡尾毛扎成四面开花的模样插入孔中，裹好布条，系紧生根，一个挺拔的毽子就做成了。这种毽子上紧下平，分量不轻不重，无论踢什么姿势，保证每一记都是鸡毛在上钱在下，不会翻转。它可是那时毽子比赛的"比赛用毽"。

"打撇撇"和"打洋画"是大同小异的游戏，不同的只在所用的玩具不同，"撇撇"和"洋画"一个是三角形一个是长方形，这玩具的原料却都是来自大人的废弃物。"撇撇"是纸烟盒折成的三角形，"洋画"最初是夹在纸烟盒当中的比烟盒小些的硬纸小画片，这两样东西都可以在地上"打"，把对方放在地上的"撇撇"或"洋画"打翻的算赢。为了自己的"撇撇"不轻易被人打翻，孩子们往往会想办法让它们沾些油，屋前屋后的油坊便成为给"撇撇""揩油"的地方。

女孩们玩的"抓子儿"，更是家制玩具的比赛。五块小布片包五包米，缝成方形的"子儿"，抓出许多的花样来，比的是女孩们手指的灵巧劲。别看这是女孩子的游戏，男孩中也有玩得极好的，只是这样的男孩在男孩中往往会受排斥，被骂为"屁"。

跳绳是男女孩可以共同玩的游戏。绳子来自各家各户，当然会今天粗明天细,张家长李家短。但那时候的孩子能将就,什么绳子玩两下就适应了。

折纸也是男女生可以一起玩的游戏,但男女生折的内容却大不相同。男生喜欢折手枪、子弹袋、蛐蛐、飞机等,女生却志在折花折鸟,折一些轻盈的东西。有的男孩寻到了较多的废书废报,就折一条大子弹袋斜挂在肩上,再拿一把纸折的枪,然后神气活现地学电影里高喊"同志们,冲啊——",但一看到他爸爸马上就会泄气。因为他爹这时往往会骂:"葱(冲)?还大葱呢!莫跟老子丢人了,滚回去!"

"跳房子"男女都能玩,而且不要什么成本。在水泥地上还需用粉笔画"房子"(大长方形里分两排各画四个相连的正方形),在泥地上则可用瓷片、瓦片画。整个游戏需要的道具只有一个"憋"(实在找不出合适的字,只能记这个读音了)。这个"憋"是武汉孩子做投掷类游戏的投掷物的总称。它可以是碎砖片、瓦片(称"瓦渣"),也可以是碎瓷片、陶片(称"瓷瓦渣"),也可以是较结实的土块(称"渣巴")。可见这是一种很节约的游戏。

完全不要"道具"的游戏,参与面最广的当属"官兵捉强盗"。男女生皆可参加,只消把人分成大体相等的两半,一方当官兵去抓另一方就行了。被抓的"强盗"要一手摸墙站着"坐牢",另一手却伸出去等没被抓的"强盗"来救。别看救人者只要触着被救者的手就算施救成功,由于"牢"边有"官兵"看守,弄不好被拍上,他就得把前边被捉住的强盗那只游动的手牵起来,再伸出另一只手去等待"劫牢反狱"。较多时候"强盗"就这样被一网打尽,回头重来时就得继续当"强盗"。

第七章　忙趁东风放纸鸢

完全用不着花钱的游戏还有"斗鸡"。一群男女生分成两半，或是单斗或是群斗，玩起来是又不伤人又有斗智斗勇的意味。每个人都用双手抱住自己一只悬起来的脚，然后跳着去攻击对方，或直撞或巧打，把对方撞倒或撞成双脚着地就算赢。这是灵巧人的游戏，他（她）们往往能通过闪让或巧打把猛打猛冲的人弄垮。

比较文雅一点的游戏还有就地一画的棋类，像对角棋、成三棋，画好棋盘找两组不同的棋子就能来，谁输了谁挨"劈"（打掌心）。

读与思

长大后，忆起童年时代，宛若一场清梦，久久不愿醒来。睁开眼睛看看这飞驰的时代，华丽而耀眼，却无法找回那个伴着蝉鸣和蛙叫走过的一个又一个夏天。

阅读本文，我们一起随作者的脚步，去瞧瞧作者儿时都有哪些游戏玩耍。请你比较一下，现在你们说的游戏与作者那个年代的游戏有何异同？

你还会念武汉童谣吗

◎袁　翔

我在武汉生活了二十多年，但随着时间的推移、城市的变化，我对老武汉的旧记忆却越发模糊了。模糊的原因，我自己私下想了很久：老房子被拆除，各种新式建筑在这个城市的土壤上生根发芽；随着城市改造的洪流，颇有武汉特色的民巷老街被一座座相似的高楼和相似的高架桥替代，城市跟城市之间越发相似。同时，万达、苏宁、家乐福等在各个城市落地开花，吃穿住用都方便了，却模糊了我对曹祥泰的绿豆糕、老万城的酸梅汤、五芳斋的汤圆等这些老武汉美食的记忆。可口可乐、百事可乐赶走了武汉二厂的汽水（最近在武汉街头又看见了）。

我对这个从小住惯了的地方越来越陌生。这种感觉就像你小时候丢了的玩具，突然哪天蹦了出来，但是被人重新组装修饰，看上去新式漂亮了很多，但是一点儿都不亲切熟悉。加上城市越来越大，小时候的玩伴、邻居各奔东西，几年都难得见到一回，时常让我怀疑这个城市跟我还有什么血脉上的联系。

我觉得最让人陌生的还不是城市建筑、形态趋于一致。武汉人城市底蕴的流逝更加可惜。以前街头巷尾都能听见武汉话，现在越来越少听见，偶尔能听到一声汉骂"个板板"，感觉还颇亲切可人。而今绝大多数"90后""00后"都说不出一口地道的武汉话了。

我还记得小时候，每每到了夏天，我们武汉伢到晚上都不肯在屋里睡，而是跟着爷爷奶奶爸爸妈妈，扛着竹床，带着蒲扇，一家人都到长江边去乘凉。因为那时武汉人都是这样过夏天，江边晚上也是热热闹闹的，一点都不寂寞。等我跟小伙伴一起玩累了，瘫在竹床上看星星，奶奶就会一边摇着蒲扇赶我身上的蚊子，一边用地道的武汉话哼着童谣给我听：

"月亮走，我也走，我跟月亮提笆篓。笆篓破，接菱角；菱角尖，杵上天；天又高，万把刀；刀又快，切芹菜；芹菜青，换口针；针又秃，换块肉；肉又薄，换个锣；锣又响，换个桨；桨来划，换个瓜；瓜又甜，好过年。"

我从一本由武汉画家萧继石先生画的《老武汉童谣》一书中，挑选出具有武汉特色、生动好玩的童谣分享给大家。不知这些童谣是否在你的童年时代留下记忆？你还能用武汉话将这些歌谣读出来吗？

虫虫飞

虫虫飞，虫虫飞，
两个虫虫到一堆。

名家笔下的老武汉

一面鼓

墙上挂面鼓，鼓上画老虎；
老虎抓破鼓，拿块布来补；
不知是布补鼓，还是鼓补布。

第七章　忙趁东风放纸鸢

拍拍手

一拍拍掌，二拍拍胸，

三绞绞，四拉弓，

五搓陀螺，六打恭，

七狮子镗，八相公，

九打鼓，十撞钟。

名家笔下的老武汉

摇摆手

摇摆手,家家走;搭洋船,下汉口;
吃鸡蛋,喝米酒;买对粑粑往转走。

背背驮

背背驮，换酒喝；

酒冷了，换茶喝；

茶冷了，我不喝，还是要我的背背驮。

点点窝窝

点点窝窝，油炸面窝；

猫儿吃饭，狗儿唱歌；

把点葱把点姜把点酱油把点醋——嗞。

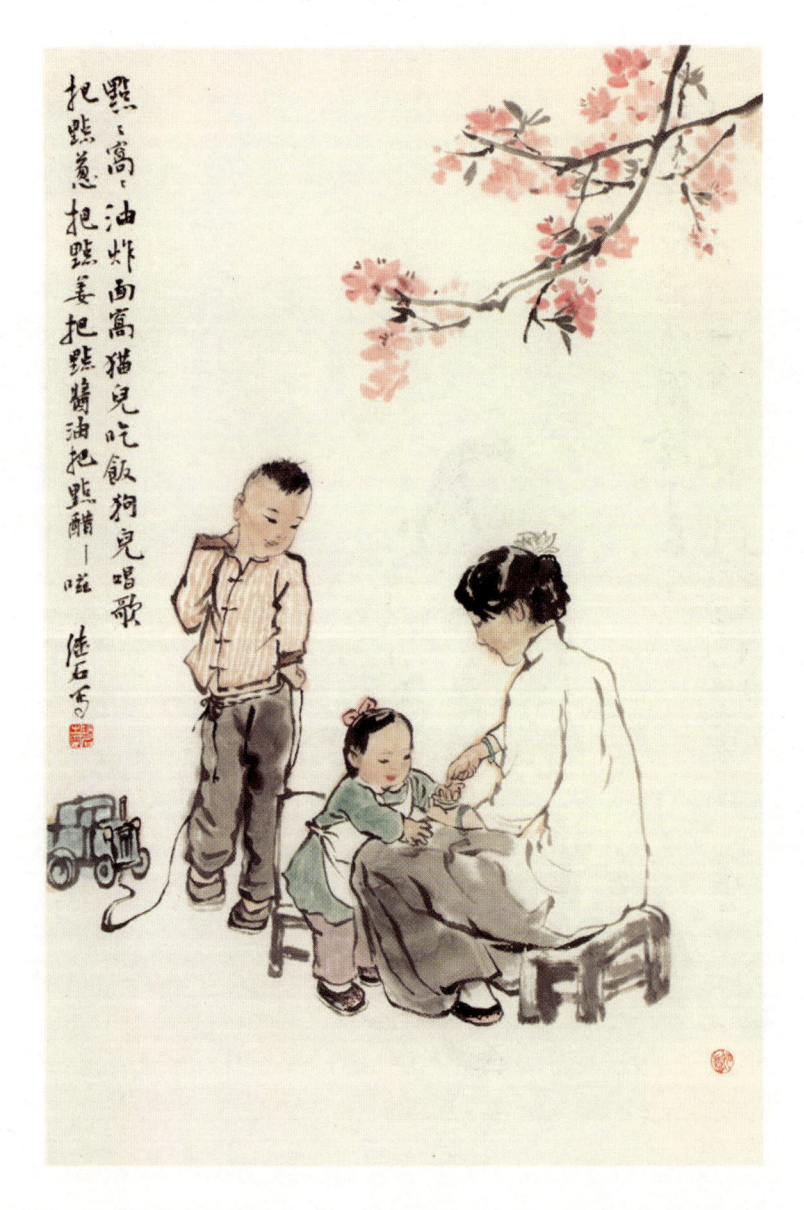

一只鹅

南边来了一只鹅,一飞飞到柳家河。
柳家河的姑娘多,会打哈哈会唱歌。
大哈哈,一斗米;小哈哈,一包盐。
还说我的哈哈不值钱。

名家笔下的老武汉

张打铁

一摸官，二摸财，三摸四摸打起来；
张打铁，李打铁，打把剪子送姐姐。
姐姐留我歇，我不歇，
我要回家泡茶叶。
茶叶香，酒也香，
十个鸡蛋打过江。
江这边，放小炮；
江那边，放大炮。
张家的姑娘好热闹。

读与思

　　武汉童谣是用武汉话口耳相传的天籁之音，吸引了一代又一代、不计其数的孩子反复诵读，直至他们长大后依旧津津乐道。读了本文，请你说说你的故乡有哪些童谣，你也可以问问长辈们小时候都读过哪些童谣，并尝试用你的家乡话读读这些童谣。

1950年以前的武汉老童谣，你听过吗

扇子

六月天气热，扇子借不得；虽说是朋友，你热我也热。

六月六①

六月六，六月六，姆妈②带我拜舅舅；
舅妈要我吃臭肉③，一吃吃得满嘴油。

①六月六：天贶（kuàng）节，民间认为这一天是晒衣物的日子。汉阳鹦鹉洲一带举行"磨子会"，要吃肉以示庆祝。
②姆妈：妈妈的意思，读音其实接近"恩妈"，湖南方言中也是相似的说法。
③臭肉：矫情的说法，为了表达亲近。

忙年

二十四，打扬尘；二十五，打豆腐；二十六，年办足；二十七，年办毕；二十八，把蜡插；二十九，样样有；三十夜，桃花谢；初一早，年拜了。

黄鹤楼

黄鹤楼，层层高，雕龙画凤好花描①。
年年有个端阳节，王孙公子真逍遥。

名家笔下的老武汉

白纸扇,手里摇,手扶栏杆往下瞧。

观音矶,水飘飘;采莲船,碧玉箫,细锣细鼓只管敲。

①花描:鲜艳悦目。

好吃佬·好哭佬

好吃佬,卖灯草①,卖到河边狗子咬。狗子狗子你莫咬,我把钱你去过早②。

好哭佬,卖灯草,卖到河边狗子咬。狗子狗子你莫咬,我把钱你去过早。

①灯草:过去用作油灯的灯芯,轻便价廉。卖灯草比喻人不会有出息。
②过早:武汉人有在外吃早餐的习惯,叫作"过早"。

读与思

武汉老童谣保存了童谣最完美的形式,并反复锤炼,使其焕发新颜、闪耀光芒,极具收藏价值。这些老童谣不仅仅属于育婴坊,它们没有年龄限制,读这些武汉老童谣会让所有人沉浸到儿时的记忆中。读读这些武汉老童谣,请你大胆想象这些童谣所展现的具体情景。与你的同伴一起去寻找更多的经典武汉老童谣吧!

群文探究

1. 童谣，是为儿童作的短诗，强调格律和韵脚，通常以口头形式流传。许多童谣都是根据古代仪式中的惯用语逐渐加工流传而来，或是以较晚一些的历史事件为题材加工而成。在本章节有哪些武汉童谣让你印象深刻？读给大家听一听！

2. 请你试着收集一些有趣的童谣并唱一唱。

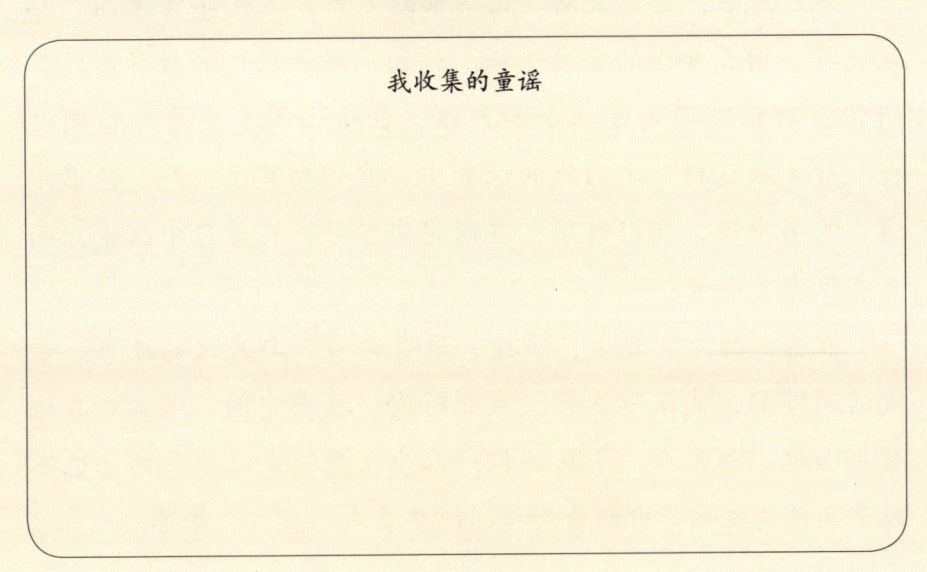

我收集的童谣

研学活动：
做自然的体验者　遇见自然的美

　　读万卷书，行万里路。读书和旅行都是人们丰富见闻、拓宽视野、增长知识的重要途径。作为一种开放式的教育形式，研学活动让我们走进社会和自然，在青山绿水中看到祖国之美。行走在这样一个别样的课堂中，我们拓宽了视野，悟书中道，明书中理，学以致用；在研究中学习，在学习中探索，而又在探索中成长！

　　抵达，行走，爱上，重逢，这是许多人与武汉的故事。亲爱的同学们，武汉那么大，找点时间，找点空闲，满心欢喜地背上书包，和家人、小伙伴们一起坐上前往武汉旅行的大巴车或者高铁，把旅行中的美好传递给更多人。武汉，等你。

【诗词·文化】
大城之文·历代文人咏江城

活动一：寻访古迹诗词，感悟历史人文

　　当文人墨客遇到武汉这座最有烟火气的城市，还能找到他的诗和远方吗？答案是肯定的。四时有景，四方皆美，武汉的很多名胜古迹里都珍藏着脍炙人口的诗文作品。请找一找、读一读、品一品，并结合相关背景资料感悟中华优秀传统文化。

摘抄几句名胜古迹中你最喜欢的诗词，从诗词中感受中华民族深厚悠久的历史文化，并和同学们分享，说说你喜欢它的原因，它背后有怎样的故事。

我喜欢的古诗词
1. ___
2. ___
3. ___
4. ___
5. ___

古诗词背后的故事

（小提示：以上活动可以二选一，选择你感兴趣的完成，也可以全部完成。）

活动二：导览文物遗迹，讲述荆楚风情

盘龙城、黄鹤楼、古琴台、旧租界、晴川阁……"大江东去，浪淘尽，千古风流人物。"一处遗迹就是一段历史，它们承载着独特的荆楚文化，记录着时间的苍茫，让江城更有魅力。

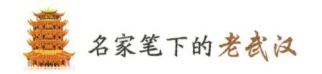

请你选择一处武汉的历史文化景点与父母一同游览，在游览过程中给父母讲讲景点故事，当当"小导游"。

导游开始前，你可以借助网络搜集相关资料；导游结束后，记得请父母为你的表现打分哦！

"我是_____景点小导游"评价表

仪态大方自然	讲解清楚详实	故事生动有趣
☆☆☆☆☆	☆☆☆☆☆	☆☆☆☆☆
温馨建议		

（小提示：除了大家熟悉的黄鹤楼、琴台、江汉关之外，户部巷汉味风情文化园、大智门火车站、青岛路历史文化街区等武汉景点也是不错的"小导游"体验项目。同学们还可以自行发现更多、更有趣的历史景点！）

【红色·传承】
大城之根·传承红色基因

活动一：追寻红色足迹，了解光辉历史

江城武汉是一座英雄的城市，是一片红色的热土。在中国近代革命斗争的洪流中，它总是勇立潮头，敢为人先，一次又一次地肩负起挽救祖国和民族命运的重任。武汉的红色地标见证了这座城市光辉的革命历史。

研学活动：做自然的体验者　遇见自然的美

请同学们通过上网、实地走访等方式调查了解武汉的红色遗存，选取几个红色景点规划一条红色旅游路线并填写下表。

红色旅游线路规划

路线主题				
路线设计	站点	第一站	第二站	第三站
	景点名称			
	景点介绍			
旅游小贴士				

活动二：红色主题班会，弘扬爱国情怀

一个个红色纪念场馆见证了悲壮的革命历史事件，记录了革命先烈们英勇斗争的光荣事迹。请同学们走进红色江城，以"武汉抗战往事"为线索，追寻红色足迹，走一次红色文化之路；感受红色情怀，敬献一次鲜花，缅怀老一辈革命家和无数革命先烈为创建中华人民共和国做出的丰功伟绩；传承红色基因，听一段红色故事，学习一段革命历史，感受革命年代那一段段感人故事和峥嵘岁月的风云变幻。用眼看，用耳听，用心想，在父母或者老师的帮助下，策划一次别开生面的红色主题班会活动。

主题班会的地点：＿＿＿＿＿＿＿＿＿＿＿＿＿＿＿＿＿＿

发生在这里的重要革命事件：＿＿＿＿＿＿＿＿＿＿＿＿＿＿

和这里密切相关的革命先辈：＿＿＿＿＿＿＿＿＿＿＿＿＿＿

本次班会活动最大的亮点：＿＿＿＿＿＿＿＿＿＿＿＿＿＿＿
＿＿＿＿＿＿＿＿＿＿＿＿＿＿＿＿＿＿＿＿＿＿＿＿＿＿＿

【自然·生态】
大城之宝·绿水青山看武汉

活动一：欣赏自然风光，捕捉生态之美

武汉"一城秀水半城山"，自然风光优美，有景美如画的东湖、雄伟壮丽的"龟蛇锁大江"、秀外慧中的木兰天池、诗意湿地后官湖……游览其中，秀丽无限，绿意盎然。

请同学们在浏览武汉秀丽的自然风光之余，用手机或相机拍摄，用画笔描绘，与伙伴们分享你捕捉到的最美武汉之景。或者，用一场植物拓印手作体验拉开印染自然的序章。同学们可以选出自己喜爱的叶片和花朵，用一张张美丽的拓印棉布袋为自己的研学之旅"拓"上绚丽的色彩。接着是采集、制作植物标本，了解与体验大自然这座古老的活化石。最后是书写自然笔记，充分调动五感，从叶片着手，观察植物，并用绘画和文字，将过程中的所看、所思、所感认认真真地记录在自然笔记本上，制作出别具一格的自然笔记。

活动二：发起绿色倡议，共建美丽武汉

习近平总书记说："绿水青山就是金山银山。"武汉是一座百湖之市，那些星罗棋布的湖泊们，不算在历史的长河中逐渐蒸腾退却的，也依然有近百个。此外，湿地也是武汉重要的生态资源。请同学们拟一份《保护湖泊倡议书》，在社区进行倡议宣传，为创建绿色和谐之城尽我们的一份绵薄之力。

保护湖泊倡议书

_____

_____

_____

_____

【夜市·夜景】
大城之景·武汉夜市的秘密

活动一：调查江城夜宵，探寻艺人故事

"两江四堤八林带，火树银花不夜天"是武汉夜色的璀璨，"过早户部巷，宵夜吉庆街"是武汉美食的极致诱惑。吉庆街在每个夜晚醒来，它因池莉的《生活秀》闻名，因市井夜宵文化闻名，也因那些民间艺人故事而愈发动人。

新老吉庆街都有些什么故事？武汉有哪些不可错过的小吃？吉庆街上的民间艺人过着怎样的生活？请你和小伙伴们组队，或者调查一种夜宵美食的来历，或者向民间艺人学一门手艺，或者

访问民间艺人生活故事。然后组织一次班会活动，和同学们分享你的成果。

以夜宵调查为例，可以这样设计调查表格。

武汉夜宵调查

调查地点	
调查夜宵品种	
调查夜宵品牌	
夜宵传承故事	
反馈（感想）	

活动二：夜游楚河汉街，寻找最佳线路

楚河汉街被誉为现代版的"清明上河图"。它规模宏大，大约相当于430个标准篮球场。沿着怎样的路线行进，才能够尽量在一天内既饱览传统文化，又感受科技时尚的时代气息呢？来，和你的好朋友们组成小组，设计一份游览线路图吧！

提示：可以借助百度地图等工具，手绘或电脑制作线路图。

活动三：欣赏江城夜景，争做明星向导

浪漫的"知音号"、兼具传统和时尚风格的楚河汉街、让人大饱口福和眼福的吉庆街、火树银花的江滩、"龟蛇锁大江"的奇景，城市地标的别样风情，全部写进武汉的夜里，共同组成了武汉这座城市的醉人夜色。请选择一至两处景点（可以不是前面提到的），上网搜寻资料，将游览路线、特色项目的介绍做成海报、PPT等作品上传到班级QQ群里。请全班同学和家长参与投票，选出最吸引人的夜游路线，评出明星向导组。

【新兴·未来】
大城之行·童眼看武汉

活动一：众口同聊出行，探索新兴交通

"一桥飞架南北，天堑变通途"，说的是武汉长江大桥。横贯东西的长江，将武汉地理位置置于横向版图的中点。几乎可以这样说，从武汉可以去你任何想去的地方。随着祖国的强大，武汉也越来越不一样，越来越进步，这首先就表现在出行方式的变革上。

武汉天河机场T3航站楼、三大火车站、纵横交错的地铁线给武汉人的出行方式带来了日新月异的变化。它们是否真如预计中的方便、快捷、舒适呢？亲爱的同学们，"美丽武汉小记者团"招募小记者啦，快来制订采访计划吧！别忘记整理采访的成果，在班级开展"童眼看武汉·众口聊出行"的采访交流活动哦！

"童眼看武汉·众口聊出行"采访表

采访时间		采访地点	
采访对象		记录人	
小组成员			
小组分工			
采访注意事项			
采访问题			
采访记录			
采访小结			

活动二：寻找武汉地标，乐享便利生活

它是一汪湖，"不到东湖上，但闻东湖吟"。

它是一座桥，"一桥飞架南北，天堑变通途"。

它是一碗面，无论走到哪里，总忘不了那一口。

它是一份情，时间越久，就越发现自己离不开。

一千个人心中，就有一千种武汉印象。老一辈人提起武汉，就想到黄鹤楼、长江大桥、动物园、龟山电视塔。殊不知，现在的武汉，三镇都有各具特色的江滩，东湖绿道成了新晋打卡地。武汉城市广袤，地标建筑承载着古往今来的风雨，成为人们心中某种精神象征和文化归属。武汉有哪些美丽的地标建筑呢？

江滩——激动人心的"汉马"，沸腾了一座城市。

T3航站楼——跻身全球一流航站楼。

杨泗港长江大桥——长江上第一座双层公路大桥，世界上跨度最大的双层悬索桥。

……

越来越年轻的武汉在不断给我们惊喜。快来为你找到的武汉新地标设计一张名片吧！

```
         我找到的"武汉新地标"

  新地标：_____
                              新地标合影
  简介：_____
  _____
  _____
  _____
```

活动三：畅想未来城市，童画手绘武汉

军运盛会，华夏荣光，世界一起见证了武汉现在的至亮时刻；未来的武汉又会出现怎样的神奇景象呢？是自动驾驶的汽车，是绝不堵车的飞行器，还是省心省力的机器人？让我们拿起手中的画笔，共同设计心中的未来城市，畅想武汉科技创新的新篇章吧！

名家笔下的老武汉

畅想武汉新图景

大江大湖大武汉，更多有趣的武汉风情、好看的武汉美景等你来探秘。